La exactitud del dolor

Horacio Convertini

La exactitud del dolor

Plata

Argentina – Chile – Colombia – España

Estados Unidos – México – Perú – Uruguay

1.ª edición: abril 2024

Plaza de los Reyes Magos, 8, piso 1.º C y D – 28007 Madrid
www.letrasdeplata.com

ISBN: 978-84-92919-52-9
E-ISBN: 978-84-19936-75-2
Depósito legal: M-2.701-2024

Fotocomposición: Urano World Spain, S.A.U.
Impreso por: Rodesa, S.A. – Polígono Industrial San Miguel
Parcelas E7-E8 – 31132 Villatuerta (Navarra)

Impreso en España – *Printed in Spain*

That's what keeps me,
that's what keeps me,
that's what keeps me down,
I say that I'm a bantam lightweight,
I say that I'm a phantom airplane,
that never left the ground.

«Leave», R.E.M.

A Pablo Ramos, que me ató los guantes.

A Kike Ferrari, que estuvo con su lectura
y sus consejos cuando la pelea se puso difícil.

BAJOFONDO

¿Q*ué cosa, mamá?*

«La luna, fijate cómo está de vidriosa, a que trae lluvia. Y la lluvia purifica, Juan, se lleva lo malo, siempre, aunque inunde todo y el agua se meta en el rancho y a veces lo tape. La lluvia, algo bendito que lava, un perdón líquido que baja del cielo y te hace mejor».

Si va a llover, el pensamiento de Rayo toma su propia voz, no la de su madre, *que sea pronto. Que un chaparrón me limpie la sangre, el barro y la mugre de adentro, la peor de todas. Agua a baldazos para que desborden los riachos y las lagunas, para que los charcos estancados de la inundación anterior se vuelvan un mar espumoso y aneguen las calles e invadan las casas y la gente se olvide de la carnicería en el ring, de los cadáveres en la ruta, se olvide de mí, se olvide de ella, pobrecita, quién sabe a dónde se la llevará la corriente, dónde se pudrirá al sol cuando esto termine.*

Juan Rayo se empuja con las piernas para acomodar mejor la espalda contra el árbol. No puede usar las manos. Las manos tienen que seguir tapando el cráter del que se le escapa un torrente de sangre negra y espesa. Patina, trata de ayudarse con los codos, le cuesta aunque solo trate de encontrar una posición algo más recta. Hace un rato, cuando le dolía, pensó en las fechas que habrán de pintar en su cruz, porque será de madera, simple, barata, nadie pondrá plata para algo mejor.

1961-1996.

Nacimiento, muerte: los momentos que resumen toda una existencia.

Va a faltar otro año: 1984, porque su muerte en realidad empezó ahí, en esa esquina mal doblada, la vez de la traición. «En el pecado habita el castigo». Alguna vez se lo escuchó a Hermosilla o lo leyó por ahí, y es cierto. Si existe una verdad, es esa. Nada sale gratis. Todo se paga.

Ahora no le duele. Donde antes latía el dolor solo queda una especie de vacío. Aprieta un poco para sentir, para sentirse, el sufrimiento como prueba de vida, y lo único que consigue es una puntada tibia, corta, que se extingue en el frío que le come el cuerpo. De aquel fuego ya no queda nada.

Acaso deba hacer un último esfuerzo antes de que la hemorragia lo lleve. Clavar los talones en el barro, revolverse hasta ponerse de pie, salir a la ruta y llegar a un hospital, decir «soy Juan Rayo» y rogar que el médico que lo atienda no tenga que hacer mucha memoria para recordarlo, y que le crea la mentira, «un robo, vea, en medio de la noche, me cagaron a palos, me dieron un cuetazo y ni sé cómo llegué acá», que no llame la atención que esté en cueros y en pantaloncitos de campeón, que mientras lo lleven en camilla al quirófano, mientras alguien le tape ese agujero de mierda con algo más eficaz que dos manos deformadas, tenga tiempo de contar la historia de cuando le ganó a Harris, de las putas que se garchó en Las Vegas, de que alguna vez fue capaz de reconocer un billete de cien dólares con los ojos cerrados, apenas por el olor, «le juro, doctor, que es cierto», ojalá tenga tiempo y aliento para hablar como nunca lo hizo y que el médico no piense, no sospeche, y la roña escandalosa de la verdad no lo ensucie todavía más. Pero seguramente llamarán a la policía, porque siempre lo hacen cuando hay una bala en un cuerpo, y entonces empezarán las preguntas y las pericias y será tapa de los diarios y dirán de él lo que no es. Porque casi todo será cierto menos una cosa: que no fue por la plata que lo hizo. Lo hizo por amor a Patricia, por odio a Vicente y por él mismo. Por esa furia en el pecho que lo volvió insensato y le calentó el alma y le anestesió el dolor, una furia que ahora se le ha ido, quizás con la sangre negra y espesa, para siempre.

La noche es tanta y el frío inmenso, pero extrañamente no está triste. Sin la furia aparece la resignación, la idea de que llegó la hora, de que acaso morir no sea tan terrible. El cuerpo le pesa menos, el pensamiento flota entre recuerdos y voces olvidadas que se abren paso en su mente desde el bajofondo de la vida. La luna desaparece del todo. El beso húmedo de una gota sobre su cara machucada.

La lluvia, mamá.

OJOS DE PESCADO

Amílcar Zafe, que nunca sueña nada, esa noche, justo esa noche, tiene una pesadilla. No puede cerrar los ojos, como si le hubieran dado vuelta los párpados y se los hubieran cosido a la piel de las cejas. Los ojos indefectiblemente abiertos a una oscuridad inmensa, cúbica. Todo es negro e impenetrable, y eso lo asusta. Ni una hebra de luz a la cual aferrarse. Pero por más fuerza que haga, los párpados no bajan o, como en los pescados, no existen. Una voz conocida, pero que no llega a identificar, le murmura al oído «dele, Zafe, dele», y él le sigue la corriente, entre el temor y la esperanza. Cada fracaso le transmite la sensación de estar acercándose a algo definitivo y terrible. Por eso insiste, empujado por la voz, por la angustia.

Se despierta con la sensación de que el cubo negro sigue ahí, listo para ahogarlo. El corazón le late desbocado. Las manos crispadas. La mente confusa. Necesita un rato largo para calmarse y espantar los peores pensamientos, y recién cuando lo logra se anima a abrir los ojos. Se encuentra con otra oscuridad, más porosa, poblada de sombras que, a medida que parpadea, se hacen más nítidas y reconocibles: el ventilador, la mancha de humedad, la cómoda, el televisor y algo envuelto en papel madera que asoma por encima del ropero. Piensa en Rayo, qué será de él en ese momento, y sabe que no va a dormir más. Los números fluorescentes del reloj avisan que la noche será larga. Se siente intranquilo y, en algún punto, manchado.

Prende el velador. Se levanta y va al baño sin calzarse. El dolor en la cadera le explota al segundo paso rengo. Es como un martillazo que disemina su efecto devastador desde el costado derecho hacia todos lados. Le duele cuando gira de golpe, cuando sube una escalera, cuando levanta peso, cuando tose. El médico del Penna le dijo que no existe otra solución que reemplazar el hueso hecho polvo por una prótesis. Tres meses en muletas y, después, a rodar de nuevo sin problemas. Le habló como si se tratara de sacar un aguijón de abeja con una pincita de depilar, le contó historias de viejas de su edad que habían estado peor que él y que ahora bailaban el tango como María Nieves. Pero Zafe desconfía. No le entra en la cabeza la idea de que vayan a aserrarlo y a ponerle un pedazo de plástico dentro del cuerpo sin pagar más sufrimiento del que paga ahora. La mayoría de las veces es un dolor persistente pero plano, en algún punto tolerable, el recordatorio de su defecto de nacimiento. Pero cuando camina sin la zapatilla ortopédica se vuelve agudo y desgarrador, se ramifica como un delta de brazos infinitos y le toma hasta la rodilla.

Sí, algo va a hacer, pero no en el Penna. La gente que entra ahí con un problema grave sale con los pies para adelante. Se acuerda de Urtaín. Cuando se lo llevaron, estaba todo roto pero consciente: contestaba con los párpados las preguntas que él le hacía y hasta insinuó una mueca triste cuando le dijo que tenía que ponerse bien rápido para pelear en el Luna Park. Pero en el hospital agonizó tres días y murió. A Zafe le quedó la sensación de que nadie hizo gran cosa para salvarlo, como si no valiera la pena y hubiera que dejar que el contrasentido de esa vida extraña se apagara de una vez por todas. Porque nada es tan absurdo ni tan cruel como desear lo que uno no puede. Y empeñarse en eso, y mentirse, y esquivar la realidad que te muestra sin la menor compasión que tu sueño, más que una mentira, es una trampa.

Urtaín fue un caso. Apareció por el gimnasio diciendo que era el primo argentino del Urtaín famoso, ese vasco que había sido campeón europeo de los pesados. Se hacía llamar como él, aunque su nombre verdadero —lo supieron el día en que, para joderlo, le robaron el documento— era Adolfo Peñaranda. Quería aprender a boxear y hacer un par de peleas antes de viajar a España y lanzar su carrera profesional al amparo del Urtaín verdadero, que en un cruce de cartas —seguramente cuentos de él— le había prometido protección y contactos. A primera vista, asustaba: medía un metro noventa y tenía el físico de Charles Atlas. Pero en el envase estaba el engaño. Urtaín era lento, torpe, y al primer piñazo se paralizaba como una liebre ante un foco de luz y no había forma de hacerlo reaccionar. Pudo haberlo echado a las patadas, pero Zafe, por alguna razón, sintió lástima y lo puso bajo su ala. Trataba de que los demás no lo cargaran demasiado y hasta le daba unos pesos para que atendiera el vestuario y barriera el gimnasio. A veces lo usaba para probar en el *ring* a los gallitos que venían de afuera cacareando alto. Era un test que no todos pasaban porque, bobo y todo, Urtaín tenía manos pesadas y las hacía sentir. Había visto a muchos matones de lechería cagarse encima apenas el grandote armaba la guardia y se les acercaba en cámara lenta como una momia. Pero nunca había visto a nadie que reaccionara como Rayo, con la decisión y la fiereza que solo alcanzan los desesperados.

La imagen lo llena de amargura. Por Urtaín, que se tiró del techo del gimnasio cuando leyó en el diario que su primo se había suicidado arrojándose de un décimo piso de Madrid. Por Rayo, que había sido su gran ilusión, la revancha tardía, ahora convertido en un pobre diablo a rescatar.

Vuelve a la cama. Se acuesta. Mejor boca arriba. Sabe que no debe girar sobre la pierna mala porque el dolor será peor. Apaga la luz. Piensa en la pesadilla del cubo negro y tiene miedo de que haya sido una premonición, la inminencia de la oscuridad cerrada de la muerte. Él, con esos ojos de pescado dejándose comer por una angustia más arrolladora que la puntada en la cadera. Y aquella voz misteriosa, con su «dele, Zafe, dele», mintiéndole esperanza.

Se le ocurre, de pronto, que es la voz de Rayo, el primero, el pendejo de bolsito al hombro que lo entusiasmó con un remolino de trompadas.

El reloj marca las tres menos cuarto. ¿Cómo le habrá ido?

PERDÓN

Dos, tres gotas. Insuficientes, aisladas. Después, nada. La ilusión del diluvio se le esfuma, como tantas otras antes. A veces ve mal la realidad. Le cuesta entenderla, como si estuviera escrita en un idioma que cree que sabe, pero no. Como cuando se le ocurrió volver, esa idea patética de reivindicarse, de limpiar su nombre. Y de que tenía que ser con Zafe, el viejo maestro. Una locura de borracho que fue tomando forma en las melancólicas resacas de alcohol barato y soledad.

Gastó demasiado en el pasaje de avión. Anduvo de aquí para allá un mes entero, evaluando si le daba la cara y el alma para aparecer de golpe, doce años más tarde, en busca de una soga, la última y desesperada soga de su vida. Se escondió en la pensión del Turco Ahmed y rondó el Glorias de Pompeya como un espía, agazapado en la vergüenza y la culpa. Sabía que se exponía a una puteada o a algo peor y reculaba. Hasta que tomó coraje, alentado por Matilde.

Entró, pidió verlo, lo miró a los ojos. Zafe estaba casi igual, un poco consumido tal vez, la espalda más estrecha y encorvada, la renquera más pronunciada, el pelo blanco raleado, la nariz aplastada vuelta un forúnculo violeta, la actitud recelosa de un zorro con mal carácter. El rengo ni se molestó en darle la mano. Fue al punto con preguntas cortas y directas, «qué hace acá, qué quiere», y sin el menor reproche le dijo «vaya y demuestre», como aquella primera vez, pero no lo metió en el *ring* con un grandote boludo, sino con un pendejo más escurridizo que una cucaracha, el nuevo crédito del barrio, el Monito Galarza.

El entusiasmo de Rayo duró poco. Necesitó un *round* para darse cuenta de que el cuerpo no le respondía, y al tercero ya estaba sufriendo. Era como si las piernas, los brazos, la cintura, se le hubieran oxidado o directamente fueran de otro.

Las piñas del Monito le entraban limpias. Las veía, claro que las veía, pero no llegaba a bloquearlas. Algo le empezó a resbalar por la cara. *Concentrate, la concha de tu madre, que este pendejo no te puede cagar a trompadas. Metele rigor, dale. Hamacate y buscá el hueco para el gancho. Arrialo hacia una esquina y ahí descargale la artillería*. Pero el Monito, insolente, le bailoteaba alrededor con los brazos caídos, a lo Clay, a veces más cerca, a veces más lejos, y cuando parecía que ya había caído en la trampa, escapaba dando saltitos.

No se trataba de un problema técnico, sino de rapidez. Rayo sabía muy bien —porque se lo había enseñado Zafe— cómo manejar los desplazamientos de un rival marcándole el paso con el pie izquierdo adelantado. Cómo cerrarle todos los caminos y dejarle libre uno solo, justamente el que a él le convenía. Pero el Monito parecía un muñeco con pilas nuevas. Un saltimbanqui incansable, elástico, que siempre encontraba el hueco para salir limpio y con una sonrisa sobradora.

Pensó en cebarlo. Recibir un par de golpes con los pies quietos en la lona. *No avancés más, frenate. La boca abierta, el protector flojo, así, bien, la guardia baja, el cuerpo erguido. Si vos no lo perseguís, el otro ya no debe escapar. Y el que no escapa, se agranda. Dale, dale Monito, animate. Un* jab *liviano, otro, otro. Caricias. Seguí, ¿no ves que no doy más, que el aire no me alcanza, que quiero vistear y me como todas? Un directo seco en la frente, bien, así, lo tengo plantado y pegando. El que pega se descuida. El que pega, recibe.*

Rayo se hamacó, avanzó un paso, otro, punteó con un *jab* débil mientras retraía la línea de los hombros como si se tratara de la corredera de una pistola y sacó un derechazo a fondo. El puño hambriento y, detrás de este, el brazo, el cuerpo, el odio. Todo sintetizado en ese cañonazo furibundo. Pero el Monito se echó atrás y barrió el golpe con la zurda, como si estuviera espantando una mosca o corriendo una cortina. Encauzó el envión hacia el vacío y el viejo campeón siguió de largo hasta quedar de cara a las sogas, humillado, ridículo. La chicharra anunciando el fin del *round* fue una estridente forma de piedad.

Rayo le pegó un guantazo a la cuerda superior, y de la bronca no supo ni para dónde ir. *No es el cuerpo el que me traiciona*, pensó. *Es el mundo, el destino. Todo dado vuelta, irreconocible, fatalmente incómodo*. Y pensar que en ese mismo *ring*, cuando era un boyerito recién llegado del campo, había destrozado en tres minutos a la bestia de Urtaín.

—¡Basta, terminamos acá! —gritó Zafe.

—Uno más —dijo Rayo, masticando el protector.

—¡Uno más las pelotas! ¡Venga para acá!

Quiso insistir, decirle que no, que podía seguir, que andaba un poco lento y le faltaba distancia, sí, pero que en cuanto lo agarrara al Monito ese lo iba a dejar mirando el techo como a Giresse en París. Pero enseguida advirtió que sería inútil: no existían palabras que ablandaran a un Zafe cabreado, lo conocía bien y no quería por nada del mundo, justo en ese momento, hacerlo calentar.

Fue hacia el rincón arrastrando los pies. Se agarró de las sogas, dejó caer la cabeza como si fuera de plomo. Zafe le exprimió una esponja en la nuca.

—Respire, Rayo, tranquilo…

—¿Y? ¿Cómo me vio? —La voz se le perdió entre los pies.

—Con los ojos.

—No me boludee.

El viejo le levantó la cabeza y le pasó, casi por la fuerza, una toalla por la cara.

—Lo cortó un poco arriba de la ceja izquierda. Usted siempre fue flojito de piel.

—La verdad.

Zafe se quedó callado mientras le sacaba los guantes. Cuando volvió a hablar, casi que susurró:

—Vaya a bañarse, que lo espero en la oficina.

—Hace rato que no peleo, ¿sabe? A lo mejor fue eso...

—Después.

Sonó la chicharra. Bajó del *ring* rumbo al vestuario. Caminó entre negritos que saltaban la soga o le daban a la bolsa como si un asesino a sueldo les estuviera apuntando con una pistola en la nuca. Alguien lo seguía con la mirada desde la otra punta del gimnasio. Una silueta en sombras que se recortaba contra la claridad que venía del patio. Acaso lo hubiera visto cobrar contra el Monito, supiera quién era él y estuviera relamiéndose con el papelón: «Vean a Juan Rayo, Rayito, el excampeón del mundo, el que le ganó a Harris en el Madison, vean qué quedó de la Tromba del Sur, un monigote que no encuentra la manera de que las piernas y los puños se le pongan de acuerdo».

Rayo apuró el paso y se metió en el vestuario. Azulejos cuarteados, mosaicos descoloridos, olor a pozo ciego tapado, bancos largos de madera despintada. Nada había cambiado. Un tipo que no era Urtaín le dio el bolso y un toallón rotoso, y eso fue lo único diferente. Se dejó caer sobre un banco. Se quitó las vendas. Se desnudó. La ropa quedó hecha un bollo en el piso. Buscó en el bolso el jabón, el sobrecito de champú. Caminó hasta las duchas. Los caños no tenían roseta. Abrió una canilla y salió un chorro grueso de agua fría. Abrió otra y lo mismo. Apareció el Monito Galarza. Se metió bajo uno de los chorros y empezó a enjabonarse.

—Agua caliente no hay —soltó el pendejo sin mirarlo—. Esto no es Las Vegas.

Rayo se comió las ganas de mandarlo a la puta que lo parió. No era el momento. Había regresado para pedir perdón y una oportunidad, y aún no tenía ninguna de las dos cosas. Se duchó conteniendo los escalofríos para no dar impresión de flojo, se cambió rápido y fue a la oficina. Que ahí también todo estuviera tal como lo recordaba (trofeos con el bronce comido por el moho, un póster de Bonavena, afiches de peleas antiguas, olor a cuero podrido y humedad) lo puso peor. A fin de cuentas, el único detalle discordante era él, con su cuerpo pesado y duro, los nudillos agarrotados y pulmones con aire para dos *rounds* y gracias.

Zafe tomaba mate sentado a una mesa de fórmica que imitaba al mármol y escuchaba tangos en una radio de antes del diluvio. Le hizo un gesto con la cabeza para que se acomodara en una banqueta delante de él. Apagó la radio, se levantó y caminó hasta un armario de metal de donde sacó un frasquito, algodón, apósitos y una botella de alcohol, y puso todo sobre la mesa.

—¿Está parando cerca? —Se acercó a Rayo, le levantó la cara y le pasó un algodón con alcohol por el cortecito que tenía arriba de la ceja izquierda.

—En lo del Turco Ahmed.

—¿Usted todavía estaba acá cuando lo mataron?

—No. Me enteré ahora, me lo contó Matilde.

Zafe le puso un polvo en la herida y, enseguida, el apósito. Volvió a su silla, sirvió un mate y le convidó.

—Lo ensartó un boliviano que no levantaba el metro y medio —siguió el rengo, mientras Rayo chupaba—. Un cuchillazo en la garganta. Quién lo hubiera dicho, con lo bravo que era el Turco Ahmed…

—Diga, Zafe, ¿cómo me vio? —Y le devolvió el mate.

—Mal, lento. ¿Cuánto hace que no pelea?

—Menos de un año.

—¿Dónde?

—En Ecuador, contra un invicto de allá. En mediano.

—¿Fue limpia?

Rayo sintió que la pregunta lo hacía flamear como si lo hubiera sorprendido un ciclón de frente.

—¿Limpia? —repitió él, para fingir que no entendía.

—Sí, limpia.

—Perdí por puntos. Pareja.

—¿Y tiene guita ahorrada?

—Nada.

—El boxeo es como el casino. A la corta o a la larga, te caga. Yo pensaba que a esta edad iba a estar hecho. Y fijesé: tengo que seguir al pie del cañón porque si no, me comen los piojos. Como no aporté nunca, ni jubilación cobro. El Facha Weiss dice que tiene una cuña en el Gobierno y que me va a conseguir una pensión o algo así. Yo con la mínima me conformo, aunque sea una miseria. A caballo regalado no se le miran los dientes, ¿no? A veces sueño con agarrar la lotería. Guita, mucha guita que me caiga de arriba. Me compraría una casita frente al mar y me llevaría a vivir conmigo a una pendeja. Jovencita, cuanto mucho treinta años. Le diría: «Cuidame, quereme, que cuando me muera todo esto será para vos». La llenaría de regalos para tenerla contenta. —Zafe se sirvió un mate y lo tomó de un tirón hasta que hizo ruido—. Y aquí me ve, con ochenta y galgueando. Bueno, qué anda queriendo exactamente.

—Pedirle perdón.

—Perdón piden las minas y los maricones.

—Era pibe, entiéndame, tenía la cabeza llena de pajaritos.

—Para tangos tengo la radio. Dígame ya lo que quiere o me deja de romper las pelotas y se va.

—Volver.

—Un par de peleítas para juntar unos mangos.

—No, no. Volver. A lo grande. Ser campeón argentino. Nunca fui campeón argentino.

—El tren ya le pasó por encima, Rayo.

—Le juro que puedo. Olvídese de lo de hoy. Hace mucho que no entreno, que no me cuido.

—Yo ya estoy grande, ¿qué puedo ofrecerle? Vaya con otro, pregunte en la Federación.

—Solo confío en usted.

Zafe se sirvió otro mate. Lo tomó despacio.

—Venga a entrenar, si quiere —dijo—. Mal no le va a hacer. A lo mejor le sirve para sacarse los pajaritos que todavía tiene en la cabeza.

Prendió la radio y le hizo un gesto seco con la mano para que se fuera. Rayo respondió con un «chau» inaudible (no le dio para más), se colgó el bolso al hombro y salió, muerto de sed y de ganas de pensar.

DIOS

La cadera le late. Se acomoda de costado, con todo el peso del cuerpo sobre el flanco izquierdo. El alivio dura apenas unos minutos. El dolor es como una presencia que lo abarca todo. La idea de operarse en una clínica privada del centro tampoco le entusiasma demasiado. Es más seguro, pero los tres meses en muletas no se los saca nadie. ¿Semejante sacrificio para qué? ¿Cuánto tiempo más habrá de vivir con el hueso de plástico? No, no vale la pena. Acaso lo mejor sea darse un buen gusto. Irse con alguna putita a Mar del Plata. Buscaría en algún cabaret de Flores a una piba de veintipico que no le tuviera miedo a su poronga de burro. Haría el chiste de siempre: «Dios me sacó diez centímetros de la pierna derecha para agregármelos acá», y se señalaría el bulto. Todas se ríen a carcajadas, «mirá vos el viejito encarador», pero casi todas se rajan cuando ven que no es cuento, que su pija es del tamaño de un pan flauta y que todavía funciona como el émbolo de un tren a vapor. Con gusto se la rebanaría a la mitad a cambio de una mina que se quedara, que no tensara el cuerpo al sentirla entrar, que no le hiciera tope con las rodillas ni se retorciera como un pescado fuera del agua entre chillidos de histeria, «pará, pará, que duele, te digo, pará, rengo de mierda y la concha de tu madre», y los gritos, y las lágrimas, y un bife para domarla, y otro, y la soledad que se ha hecho demasiado grande y hoy ocupa cada molécula de aire de este cuartito de mierda.

No, Dios no compensa. Dios es un hijo de puta que le dio barajas que se anulan entre sí. La pierna corta, la pija larga, una derecha para voltear paredes. Muchas veces se sintió como el ratón de un experimento: «Tomá y a ver cómo te las arreglás con esto». Y él, después de todo, se las arregló bastante bien.

De chico, en el barrio, se había ganado el respeto a las trompadas, bajándoles los dientes a los que se atrevían a decirle rengo, paticorto o pelotudeces así. Y como se dio cuenta de que le resultaba muy fácil liquidar a compadritos que lo doblaban en edad y tamaño, creyó que tenía un futuro en el boxeo. Acaso pudiera ser como Justo Suárez, el Torito de Mataderos, y llegar a campeón y que todos lo admiraran y casarse con una reina de belleza y pelear en los Estados Unidos y que le dedicaran un tango celebrando sus nocauts. Pero a él no lo cagarían ni Petrole ni la mina ni la tuberculosis. Él sería más fuerte, más vivo, más sano. Él, estaba convencido, sería un Justo Suárez invicto.

La ilusión le duró el tiempo que tardó en ir a la Comisión Municipal a sacar la licencia. Le dijeron que no, que con esa pierna jamás, que el reglamento lo prohibía, que si no era apto para el servicio militar menos lo iba a ser para subirse a un *ring* y matarse a trompadas con rivales con las dos gambas iguales. Los tipos no quisieron entrar en razón. De nada valió que les contara una a una sus hazañas callejeras. «Acá las que valen son las reglas del deporte», le dijeron, «no las de un barrio orillero», y él, de bronca, le pegó un derechazo a la pared, hizo saltar yeso y ladrillo, y los tipos mandaron llamar a la policía y los canas lo molieron a bastonazos.

El sueño de campeón se le deformó bajo la presión de la realidad, esa fuerza que lo moldea todo. Pero él no iba a terminar como obrero en una fábrica, ni en pedo, y consiguió una licencia falsa y se fue a pelear en festivales más o menos clandestinos en el interior del país. Muchas eran peleas fantasma que no quedaban en ningún récord y escapaban del radar de los funcionarios y la prensa. Las mariconadas del pesaje y las categorías no existían y se apostaba fuerte, y la renquera funcionaba como la carnada perfecta, porque nadie que caminara como pisando pozos podía tener chances de ganar. Y él se apostaba a sí mismo, y muchas veces ganaba aunque el otro le sacara dos cabezas. Eso le fue dando plata, experiencia, contactos, viveza, que con los años le sirvieron para quedarse con el manejo del boxeo del Glorias de Pompeya, que no era la gran cosa, cierto, pero tampoco una muerte lenta de diez horas por día al lado de un balancín. Y el sueño renació, pero distinto: iba a sacar un campeón del mundo, iba a encontrar al nuevo Justo Suárez, conseguiría en otro lo que se le había negado a él. Cagaría a Dios, finalmente, y se le reiría en la cara, y le diría: «Mirá qué bien me las arreglé, turrito».

ORGULLO

Cruzó todo el gimnasio, donde tres negritos seguían entrenando solos, salió al patio interno y se metió en el bar del club. El salón estaba vacío, pero igual se sentó a una mesa escondida en el codo que formaba el final del mostrador y la pared del fondo. No quería que lo vieran. Ahí, todavía, había gente que lo podía reconocer. Viejos a los que les sobraba memoria, tiempo y ganas de charlar.

«Che, Rayito, qué fue de tu vida, dale, contá».

«¡Mirá que eras bueno vos, eh!».

«¡Qué paliza le diste al negro Harris!».

«Y con el Güero Dávila te robaron mal, porque la pelea fue pareja, pimba y pimba desde el primer *round*. Ahí te rompiste los nudillos, ¿no?».

«¿Dónde te metiste después que te perdimos el rastro? El rengo Zafe de vez en cuando se enteraba de algo y contaba, aunque no le gustaba mucho hablar de vos».

«Rayo querido, ¡si yo te fui a ver pelear en el Luna!».

Lo vino a atender el mismo pibe que estaba del otro lado del mostrador, un flaquito con cara de no haberse despertado. Le pidió una Quilmes de tres cuartos. Enseguida le trajo la botella y una bandejita de maníes salados. Casi que se los tiró arriba de la mesa.

A Rayo no le gustaba hablar. No había nacido para eso. Prefería pensar, aunque el girar de la mente lo mareara. Se llenó el vaso hasta el tope y tomó de un saque. La cerveza fría le arañó la garganta. Últimamente se preguntaba seguido qué habría pasado con su vida si se hubiera quedado con Zafe. Si al hijo de puta de Hermosilla lo hubiera sacado vendiendo almanaques. Fue después de que le robaran la pelea contra el Gallo Valdez, en Cali. Marzo de 1984. La esquina de la traición. Aprovechó que el rengo dormía como un muerto y se escapó al cabaret de la esquina del hotel. Hermosilla —un hombre esquelético y ojeroso que vestía trajes de telas satinadas— estaba en un sillón, enlazado a la rubia más linda del boliche. Junto a él, en otro sillón, dos matones y el Gallo Valdez con un ojo que de tan hinchado y violeta parecía una cebolla morada. Hermosilla lo vio llegar, soltó a la rubia y lo encaró con una sonrisa anémica, como si ese ejercicio mínimo de simpatía le estuviera consumiendo las últimas energías que le quedaban.

«Buena pelea, muchacho», le dijo al tenderle la mano, y se puso a dorarle la píldora. Que hace tiempo que no veo un fajador tan bravo, que te pareces a Pipino Cuevas, o a Durán, sí, a Durán, con un poco menos de estrategia pero la misma voracidad de coyote, que te juro por mi pinche madre que el Gallo jamás recibió tanto castigo como esta noche, mira cómo lo has dejado, que si no fuera porque te falta algo más de picante en la derecha lo hubieras noqueado y mis amigos del jurado se hubieran metido las tarjetas en el culo.

Luego lo invitó a una copa y lo arrastró hacia un reservado mientras llamaba a la rubia con la mano. La chica se acercó dando saltitos y riéndose. Las tetas bailaban como pirámides de gelatina, apenas sostenidas por el escote amplio de un vestido rojo demasiado corto. Hermosilla la hizo sentar en el medio de los dos.

«Me interesaría hablar contigo de tu futuro», siguió el mexicano, «pero no es este el momento ni el lugar. Estaré en el Sheraton. Ven a verme mañana, solo, si es que todavía sigues aquí, que tengo algo interesante para ofrecerte. Ahora, a disfrutar de la muchacha, campeón, que bien te la mereces».

Al día siguiente, Rayo fue a verlo al mediodía, porque el avión a Buenos Aires salía a las siete de la tarde. Le dijo a Zafe que iba a pasear por la ciudad y lo dejó haciendo las valijas. Hermosilla lo recibió en la habitación. Lo primero que le preguntó fue quién le manejaba la carrera. «Zafe», contestó. «¿Cuándo vence el contrato que has firmado?». «Yo no firmé ningún contrato». «¿Seguro?». «Seguro». Los ojos de Hermosilla se encendieron. «Yo puedo llevarte al campeonato del mundo en la mitad del tiempo, y por el doble de dinero. Una cosa es ser entrenador y otra, *manager*. ¿Qué puede saber él del gran negocio del boxeo? ¿Qué contactos puede tener con los americanos? Zapatero a tus zapatos, ¿no? ¿Tienes el pasaporte encima? Grandioso, vente conmigo a México hoy mismo, así, con lo puesto».

Hermosilla fue al placar, donde había una pequeña caja fuerte empotrada a la pared. La abrió, sacó un fajo de dólares y se lo tiró. Rayo lo atajó en el aire. No sabía cuánto era, pero estaba convencido de que no había visto semejante cantidad en su vida. Además, no solo se trataba de la plata o de la posibilidad de llegar más pronto a la corona de campeón mundial. Distancia, desde luego. Ese era el gran incentivo. Irse lejos de Buenos Aires, de Villa Luppi, del recuerdo de Patricia, la que no había querido acompañarlo, la que tampoco lo había esperado, la que acababa de casarse con otro, y ese otro no era cualquiera, sino su hermano de la vida.

Rayo no dijo ni que sí ni que no. Pero alguna señal de conformidad debió de haber dado, porque Hermosilla se acercó sonriendo, le pasó la mano por los hombros y lo invitó a un *champagne* en la confitería de la planta baja del hotel. En el trayecto, no hizo otra cosa que hablar de putas, de autos último modelo y de gloria. «Tu futuro, cuate».

Esa noche, en vez de tomar el vuelo a Buenos Aires, Rayo tomó uno al Distrito Federal. A Zafe le avisó por teléfono desde la habitación de Hermosilla. «Me voy de vacaciones», mintió. El rengo se quedó tan sorprendido que no pudo ni putearlo.

Rayo, mientras masticaba maníes en el bar del Glorias de Pompeya, pensó en lo mismo que piensa ahora, tirado en el barro bajo el mármol negro de un cielo nocturno encapotado, entre escalofríos que no puede ni quiere contener.

Piensa Rayo en lo bueno que sería tener una televisión que mostrara los futuros que no fueron. Un aparato simple, en el que bastara con poner una moneda en una ranura para que una pantalla mostrara lo que jamás pasó. Le interesaban tres nudos de su historia. Qué hubiera ocurrido si él se hubiera quedado en Villa Luppi, con Patricia. Qué, si le hubiera dicho que no a la oferta de Hermosilla. Qué, si se hubiera tirado en el cuarto contra el Güero Dávila. Eran cruces clave del destino en los que había tomado la dirección más audaz siguiendo el primer impulso. Pero esa máquina no existía, y la vida es como uno la hace. No hay cambio de marcha ni vuelta atrás.

Se sirvió, esa tarde en el bar del club, otro vaso de cerveza y lo tomó despacio, tratando de encontrar el sabor por detrás de la primera impresión de frío. Y en cuanto descubrió el placer, le ganó la culpa. Si tenía sed, debería haber pedido una botella de agua mineral. La cerveza lo hinchaba y él necesitaba desinflarse, recuperar la dureza física que tenía de pibe. Puesto en forma, Rayo era un liviano natural: sesenta kilos clavados. Pero hacía rato que no podía dar el peso, y se había vuelto un mediano con más grasa que fibra.

Si su vida era una sucesión de errores —lo pensó mientras vaciaba la botella—, el del Güero Dávila fue irremediable, el punto de no retorno. Le había ganado el título a

Harris en una pelea pareja hasta el décimo y, de ahí en más, todo para él. Después, dos defensas fáciles: contra un sueco en Estocolmo y contra Giresse en París. Por puntos la primera, por nocaut la segunda. Hermosilla, como quien no quiere la cosa, le dijo que la revancha con Harris era obligatoria. Rayo aceptó, como aceptaba casi todo en esos años de felicidad y locura. Se garchaba a tres minas al mismo tiempo y una, la más linda, era una actriz de la televisión mexicana que estaba casada con un cantor de boleros. La vida lo adoraba: un Mercedes Benz en la puerta, un piso en el Barrio Rosa del DF y los bolsillos siempre lubricados.

«¿Harris, de nuevo? Fenómeno, ¿dónde? ¡¿Las Vegas?! Mejor, me encanta Las Vegas». Pero algo pasó. O a Harris le pusieron herraduras en los guantes o a él la joda lo había ablandado como carne hervida. Lo cierto es que cayó dos veces en el primer *round* y una en el tercero, y en el quinto pararon la pelea porque tenía un corte en la ceja izquierda del que salía limpito el hueso.

Tardó como seis meses en recuperarse de la paliza y, cuando estuvo listo para volver, Hermosilla le dijo que sería contra el Güero Dávila, un pendejo de Los Ángeles con la pinta de Robert Redford y que venía invicto en veinticinco peleas, todas ganadas por nocaut. También, con esa naturalidad desganada con la que hablaba de cualquier cosa, Hermosilla le dijo que tenía que tirarse en el cuarto. «Es bueno para el negocio y es bueno para ti», fueron sus palabras. «¿O te crees que Harris, cuando tú le ganaste, se ahogó en el décimo porque estaba mal entrenado? Si todo se limitara al azar de un puñetazo bien colocado, ¿qué sería de nosotros, los inversores? Luego de que tú pierdas con el Güero, él irá por Harris y, a su tiempo, tú de nuevo contra el Güero. Así funciona la rueda, ¿entiendes?». Rayo contestó que sí, que se despreocupara, que si eso debía hacer, eso haría, pero el calor de la pelea (o el del orgullo solapado ardiendo de bronca) le quemó la memoria y terminó plantándose, palo y palo. Perdió por puntos, en un fallo que el público rechifló durante quince minutos porque el Güero había quedado con su carita de galán hecha un churrasco sangriento. En el vestuario, los matones de Hermosilla le rompieron las manos con un bate de béisbol, el castigo por desobedecer la orden del patrón.

—Ahí se vino todo abajo —murmura Rayo, ahora, en el medio de la nada, mientras se mira las manos de nudillos deformados, una arriba de otra, bloqueando la herida de donde llegará, inexorablemente, la muerte.

VÍA CRUCIS

Cuando ya empezaba a sentirse viejo y ni ganas de engañarse tenía, apareció Rayo. Lo vio llegar como si llevara una piedra al cuello. Quería una prueba. Lo dijo con una voz que daba pena. Flaco, brazos correosos, la espalda ancha del que hizo laburo pesado, algo diferente en la mirada; brillo no, inteligencia tampoco, era como una energía contenida, el indicio de una rabia que hacía rato no veía en ningún aspirante.

Zafe ya estaba harto de los negritos de la villa que querían aprender a tirar un par de golpes para sacar chapa de pesados cuando se ponían en pedo en el boliche, pero que sobrios y en un *ring* temblaban de miedo como una monja con el culo al aire.

Los tenía bien calados: esos boqueaban de entrada, sacaban pecho como si no necesitaran más que un viejo pelotudo que les sostuviera el balde de escupir. Esos, en el fondo, eran la única razón por la que su aspereza de maestro inflexible y su astucia de sobreviviente apenas habían alcanzado para meter, muy de tanto en tanto y con viento a favor, algún semifondista perdedor en el Luna Park.

Ese pibe nuevo, sin embargo, le transmitía otra cosa. Lo hizo cambiar y lo subió al *ring* con Urtaín, la prueba del ácido para el coraje de cotillón. «Vaya y demuestre», le dijo. Tres minutos y cien piñas bastaron. Urtaín quedó colgando de una esquina, los brazos abiertos enganchados en las cuerdas superiores, igual que Paret contra Griffith, la cabeza oscilante, la sangre goteando sobre la lona. Tuvo que meterse para frenar a Rayo porque seguía dándole como si el grandote fuera una bolsa de entrenamiento.

Zafe sintió, en la superficie de sus emociones, una preocupación sincera por Urtaín: lo último que quería era que sufriera daños graves, y por eso los gritos, las órdenes enérgicas, el ruego murmurado para que volviera en sí. Pero yendo un poco más en profundidad, ahí donde la conciencia se vuelve barrosa —ahora lo advierte con absoluta claridad, ahora que no puede dormir y no solo por el dolor de cadera o el temor infantil a una pesadilla, ahora que en esa noche interminable por fin se anima a meter mano en lo podrido—, Zafe se estremeció con la misma alegría que siente un nene que encuentra una moneda en la zanja.

El quilombo se arregló solo: Urtaín reaccionó bien y el tordo García dijo que no tenía nada roto, pero que igual se lo llevaba al hospital por las dudas. Zafe aprovechó para disparar a la oficina, adonde había mandado a Rayo, no fuera a ser que el pibe se le rajara del cagazo y no apareciera nunca más.

Lo sorprendió queriendo sacarse los guantes a mordiscones. Le pegó un bife en la nuca y, enseguida —rebencazo y caricia al toque, así debía ser—, le pidió las manos para encargarse él mismo del trabajo, como si ya fueran entrenador y pupilo.

El pibe parecía algo corto y achicado por el susto, así que Zafe empezó con preguntas sencillas: de dónde era, qué hacía, dónde vivía. Rayo contestaba como si cada palabra le doliera.

Dijo que había venido de un pueblo del interior de la provincia, solo, para probar suerte. A su padre no lo conocía. Su madre había muerto. No tenía hermanos. *Un perro guacho*, pensó Zafe, y eso le gustó: un pupilo sin nadie que le comiera la cabeza, arcilla ideal para moldear un *crack*.

Trabajaba de lavacopas en La Rumba por el techo, la comida y los pocos mangos que le podían arrimar los mozos de sus propias propinas. Le habían armado una cama con cartones en la despensa donde guardaban los cajones de cerveza y las bolsas de harina. «Tengo siete peleas, todas ganadas por nocaut», dijo en un momento, sin que Zafe le preguntara nada sobre su récord. El rengo lo interpretó como un intento de levantar el copete y se lo bajó sin piedad.

—¿Y dónde?

—Allá, en mi pueblo.

—Haga de cuenta que nunca debutó. Esas peleas valen menos que un guanteo acá. Usted no le ganó a nadie, métaselo en la cabeza si no quiere perder por paliza ante cualquier villerito de Caraza.

Rayo reculó, y de ahí en más solo abrió la boca para responder a cuentagotas lo que le preguntaba. *Bien*, pensó Zafe, *el pibe no corcovea como una puta estrecha; se mastica las pequeñas humillaciones que arman el carácter de un campeón, en silencio y sin levantar la vista del piso*. Él iba a sumar rabia a su rabia para que explotara en el *ring* con un poder diez veces más demoledor del que había noqueado a Urtaín.

—¿Y hasta dónde quiere llegar usted?

—No sé, a campeón del mundo, como Monzón.

La carcajada le salió sola. Un sueño tan grande en una vocecita de nada. Al pibe se le incendió la cara de vergüenza.

—Escúcheme bien: antes de que Monzón se garchara a Susana Giménez y de que Alain Delon le chupara la pija, pasó un viacrucis que ni Jesús. ¿Entiende lo que le digo? Ahora raje de acá y vuelva mañana, si tiene agallas.

Zafe lo vio irse como un pollo mojado y regresar al día siguiente y al otro. Tenía muchos defectos. Se paraba con los dos pies en la misma línea, la guardia muy abierta, el puño derecho demasiado bajo, tiraba mamporros de camionero más que golpes de boxeador profesional, pero aceptaba las indicaciones y se esforzaba por corregir los errores. Lo programó enseguida en un festival en Caseros contra un rival con más de diez peleas, por miedo a que lo de Urtaín hubiera sido una casualidad. Rayo arrancó maniatado por los nervios, o tal vez demasiado concentrado en aplicar lo aprendido, pero un *cross* limpito del otro lo despertó a tiempo y terminó ganando bien por puntos. Dos semanas después lo hizo pelear contra un veterano con fama de duro al que jamás habían tirado, y Rayo lo sacó fácil en el tercero con un gancho al hígado de manual.

Zafe estaba feliz. Al pibe había que ordenarle un poco el bocho, enseñarle a caminar el *ring*, a no atorarse cuando tenía al rival sentido, pero lo principal ya lo traía de la cuna. Velocidad, huevos, pegada respetable. Si lo sabía llevar, y lo iba a saber llevar, el futuro se les abriría a los dos.

TRIPAS

Adelante, la casa de Matilde. Al costado, un pasillo largo. Atrás, el patio al que daban cuatro piezas de alquiler y el baño que compartían los inquilinos. De la casa de Matilde salía olor a fritanga. De la pieza de al lado, una cumbia que le hacía rechinar los dientes. Entró, tiró el bolso al piso y se dejó caer en la cama. Las paredes estaban recién pintadas a los brochazos salvajes, como si le hubieran encargado la tarea a un chimpancé loco. El tono verdecito claro lo deprimía. De todos modos, representaba una mejora. Cuando Rayo había llegado a esa misma pensión por primera vez de la mano de Zafe, la habitación era un cubo de ladrillos huecos y techo de chapa. Las paredes ahora estaban revocadas y pintadas, y la chapa quedaba oculta por un cielorraso de planchas de material aislante, sostenidas por un entramado de varillas de aluminio.

Matilde —la mujer que se había comido a la Matilde original— le dijo que si tenía algo valioso que guardar —dinero, joyas o el cinturón de campeón—, lo hiciera entre el cielorraso y el techo: le bastaba con levantar una de las planchas y dejar el tesoro en el resquicio. Él agradeció el consejo y le aclaró que no necesitaba guardar nada.

La vida de Rayo parecía un círculo perfecto. Estaba repitiendo cada una de las estaciones del viacrucis prometido por Zafe, pero sin el auxilio del lente deformante de los sueños por cumplir. De pibe, ese cuarto le había parecido un palacio; Matilde, una belleza digna de la televisión; ese barrio pobre de Buenos Aires, una urbe agitada, luminosa, inquietante. Hoy todo se veía distinto: gris, ruinoso, mugriento. Tal vez fuera la degradación que él arrastraba a cada paso. Tal vez, solo sus ojos.

Las tripas le gruñían de hambre. Se reprochó haber gastado plata en una cerveza en vez de comprar un sándwich o un par de empanadas para llenar el estómago. No tenía ganas de ir al almacén por fiambre y pan. Tampoco le sobraba guita. Mejor no comer, mejor seguir de largo, pero el olorcito que venía de adelante no lo dejaba pensar en otra cosa. Se propuso poner la mente en blanco, quedarse quieto y derrapar en una siesta, aunque la cumbia hiciera temblar las paredes.

—¡Benavídez! ¡Bajá la música!

Matilde, agria.

—¡Benavídez! ¡Bajá la música o te rajo ahora mismo a patadas!

El tipo le hizo caso.

La Matilde original no había sido así. Casi ni hablaba. Vivía ocultando su cuerpo perfecto, esas redondeces que apenas se adivinaban y que, tal vez por eso, lo volvían loco. Siempre un paso atrás del marido, el Turco Ahmed, dueño del inquilinato y de un kiosco a la vuelta de la iglesia. El Turco Ahmed: panza de vino, barba de pavimento, manos de hierro oxidado, temperamento de asesino serial. El que les gritaba a los inquilinos era él. El que los rajaba a trompadas cuando no pagaban era él. Así terminó. Un boliviano insignificante que debía tres meses de alquiler lo ensartó de una cuchillada, y adiós. Se lo contó la propia Matilde con una ligereza sospechosa, vacía de pena y de esas honduras que alcanzan los recuerdos trágicos.

La viudez la había cambiado: fue como si para salir adelante sola hubiera creído que necesitaba copiar la fiereza y la dimensión física de su marido muerto. Su voz se llenó de puteadas; sus ojos, de furia; y su cuerpo por fin se dejó ver. Las redondeces explotaron, ella al cuadrado, una topadora con tetas que daba miedo.

Las tripas de Rayo volvieron a quejarse, y el recuerdo de la vieja Matilde se esfumó por completo. Difícil dormir así. El hambre, lo sabía muy bien, le daba insomnio. Se levantó. Los pies siguieron obedientes el rastro del olor. Golpeó la puerta del pasillo.

—¿Quién? —gritó ella desde adentro.

—Yo.

La puerta se abrió y asomó la nueva Matilde.

—Pensé que no ibas a venir.

Ella lo abrazó, lo besó en los labios, lo llevó por delante, lo envolvió con su perfume a fritanga. En la mesa, una fuente de milanesas, pan, un plato con papas fritas, un cartón de vino, soda.

—¿Qué te pasó ahí? —le señaló el apósito.

—Un raspón.

—¿Qué te dijo el rengo? ¿Sigue enojado o te va a dar una mano?

—Enojado no está, pero tampoco me contestó.

—Vas a ver que afloja. En el fondo, te quiere. Sos el único bueno que salió de ahí.

Se sentaron a comer. Ella masticaba y hablaba de sus cosas.

—El Benavídez este me tiene harta con la música, no sé si es sordo o si se hace el pelotudo, pero conmigo no se jode, la próxima lo echo a las patadas. ¿Viste a la rubiecita de la última pieza? Esa teñida que se viste raro. Bueno, para mí que está embarazada. El otro día la vi salir del baño en calzas y tenía una curvita en la panza que no es de comer ravioles. Ahora anda siempre con camisas holgadas. En cuanto venga y me lo diga, afuera, porque acá no permito parejas ni chicos. Una regla que puso el Turco y que yo respeto.

Rayo largaba un gruñido cada tanto para hacerle creer que seguía el hilo de su monólogo y que estaba interesado en todas esas boludeces. Comía, mientras tanto, como si en su vida ya no fueran a existir más milanesas ni papas fritas, como si tuviera que adherir esos sabores a cada milímetro de lengua, de paladar, de dentadura, para retenerlos en su memoria por los siglos de los siglos.

En algún punto era cierto. Si Zafe aceptaba manejarle de nuevo la carrera, lo primero que le iba a exigir era que bajara diez kilos. Y eso se lograba con mucho entrenamiento y dieta sana. Verdurita, pollo hervido sin piel, un churrasquito diario para ganar en hierro, pastas sin salsa que se digieren rápido, cereales, leche. Ni pensar en fritangas.

—¿Por qué no te tirás un rato en mi cama, que tenés cara de cansado? —le dijo Matilde cuando vio que ya no comía más—. Yo lavo los platos y en un rato te acompaño.

¿Cuánto habría pagado él por escuchar esa propuesta de la otra Matilde, la Matilde flaquita y callada, la mujer hermosa que le dio la llave de la pieza al pendejo recién llegado del interior con un bolso flaco en la mano y el corazón desbordado de ilusiones y fe? Aquella Matilde, la que se escondía detrás del Turco Ahmed, no esta, que tenía los modales de un carrero y la silueta de un pollo doble pechuga. Rayo, igual, le hizo caso. Había comido bien y gratis, y eso de alguna manera se pagaba.

Se desnudó, se acostó boca abajo, la cara hacia la mesita de luz donde había un retrato del Turco Ahmed y la otra Matilde en la rambla de Mar del Plata. Escuchó que ella se metía en el baño y abría la ducha. Se dio vuelta. Cerró los ojos, empezó a tocarse. Matilde iba a venir en cinco minutos, desnuda, enrojecida por el agua caliente, oliendo a colonia de La Franco Inglesa. Lo iba a montar como a un caballo. Se iba a retorcer encima de él mientras desafiaba al retrato del difunto: «Mirá cómo me lo garcho», iba a gritar entre carcajadas, con las manos frotándose los pezones. Y él tendría que cumplir, como todas las tardes.

NOMBRE

Zafe vuelve a proyectar la película infinita de aquel descubrimiento. Se pregunta dónde estuvo el error, qué hizo mal. Acaso haya sido otra zancadilla de Dios, que se divierte con él, un bufón rengo al servicio del Padre, del Hijo y del Espíritu Santo, amén.

Lo cierto es que se sintió cómo el buscador de oro que al fin encuentra la pepita que lo transformará en millonario. Sacó a Rayo de La Rumba y lo metió en la pensión del Turco Ahmed. Le aseguró las comidas y unos pesos para gastos porque quería que su cabeza estuviera enfocada solo en el boxeo. Lo siguió programando cada quince días porque Rayo era de esos peleadores que se devaluaban en el gimnasio, como si lo deprimiera que la bolsa no tuviera costillas que fracturar o que la pera no vomitara gargajos de sangre. Aun así, le duplicaba el trabajo y lo cagaba a puteadas: «Muévase, negro pata sucia, qué se cree, que los rivales que yo le traigo son boyeritos pelotudos como los de su pueblo, dele, dele, quiero un charco de sudor en el piso, vamos carajo». Siempre la distancia que impone el «usted», el *jab* de la autoridad para que su pupilo no entrara en confianza ni los humos se le subieran a la cabeza con los triunfos que iba enhebrando con pasmosa facilidad.

El pibe cumplía sin quejarse. Era puntual, callado, seriecito, no se metía en quilombos ni se dejaba arriar a la joda por los otros negritos del club. Encima, progresaba. Había aprendido a combinar con mucha eficiencia el *jab* de izquierda con el *cross* de derecha y la zurda de nuevo en gancho, mejor arriba que abajo. Ya no se abría tanto al pegar y usaba bastante bien el juego de cintura y el amague. Rayo resultaba un pupilo tan perfecto que a Zafe le empezó a dar miedo. Tal vez fuera así, manso y ya, o quizás estuviera conteniendo un fuego interior que por ahora, solo por ahora, estallaba únicamente en el *ring*.

Una noche, después de que Rayo le ganara por nocaut con la primera mano a un paraguayo bravo, le dijo que, como no había transpirado casi nada, lo iba a llevar a un lugar en donde había que hamacarse sí o sí. El pibe, imperturbable, se encogió de hombros y lo siguió en silencio.

Fueron en taxi a lo de la bizca Inés, en San Pedrito y Alberdi, el puticlub de un excomisario de la 38. Estaba al fondo de un taller mecánico donde se desarmaban autos robados. Puerta cancel de hierro negro, pasillo largo que se hundía como un clavo en el corazón de la manzana, patio con techo de chapa al que desembocaban varias piecitas, sillones de cuerina para esperar turno, música de bolero y una barra con taburetes de madera donde se exhibían las minas casi desnudas. Un par de expolicías controlaban que nadie se pasara de listo y apuraban a los clientes para que tomaran algo, porque la carne de pendeja solo era una parte del negocio, otro tanto pasaba por vender whisky berreta y aguado al precio de un Chivas Regal.

–¿Sabe, pibe, de qué se le torcieron los ojos a la bizca Inés? —le preguntó cuando se bajaron del taxi. Rayo negó con la cabeza—. ¡De tanto chupar pija! —Y largó una carcajada que se agotó rápido porque no tuvo eco ni en una sonrisa de compromiso.

Apenas entraron, la bizca Inés se le vino al humo a Zafe al gritito de «Amílcar, Amílcar», el ojo izquierdo clavado como un pelotazo contra el ángulo de la nariz. Lo abrazó y lo besó en la comisura de los labios. Ella ya no hacía clientes porque, solía decir, «la madama no se vende, a lo sumo se regala», pero también porque el cuerpo no le daba para más: su figura era la de un lavarropas gigante apretado en vestidos de madrina de casamiento. La única excepción la hacía con el rengo, un poco porque después de tantos años de relación le había tomado cariño y otro poco porque era la única que se bancaba su poronga gigante sin pegar gritos que hicieran suponer un descuartizamiento. Zafe le dijo que no venía por él sino por el pibe, y señaló a Rayo. La bizca Inés puso en tensión el revoque de su cara con una sonrisa enorme, lo tomó de la mano, lo llevó hasta la barra y le fue presentando una a una a sus chicas. Zafe se sorprendió cuando lo vio elegir a una morochita poca cosa: flaca de huesos puntiagudos, sin tetas, desabrida, acaso demasiado nueva y triste por la vida que le había tocado. Se fueron agarrados de la mano hacia las piezas. A la hora Rayo volvió solo. No aceptó el whisky que le ofreció Zafe. Se le había nublado la vista. Dijo que tenía sueño.

—Quédese usted, si quiere. No hay problema, yo me vuelvo por las mías.

Zafe se sorprendió. Nunca lo había escuchado hablar tanto y sin el tirabuzón de su insistencia. Le dio mala espina. Le pagó a la madama lo que debía y salió con Rayo hacia Rivadavia para tomar el 85, porque ya no tenía más plata para taxis. Caminaron sin hablar ni mirarse. El ruido de los pasos, desacompasados por la renquera de Zafe, retumbaba en el silencio de la madrugada.

—¿Garchaba bien la piba? —preguntó el entrenador, ya incómodo, cuando llegaron a la parada.

Rayo asintió con la cabeza.

—¿No tenía otra más fea para llevarse? —lo desafió.

—Me gustó el nombre.

—Hay que ser boludo, eh. Elegir una mina por el nombre y no por las tetas.

El pibe bajó el cordón, caminó hasta la mitad de Rivadavia y se puso a cogotear hacia el lado de Liniers para ver si venía el colectivo.

—¿Y se puede saber cómo se llamaba?

Nada.

—Eh, ¿además de tener mal gusto es sordo usted?

—Patricia —soltó Rayo alzando un poco la voz.

—Patricia, Patricia, ¿y qué tiene de especial Patricia, eh?

—Cosa mía, ¿quiere?

Zafe advirtió, esa noche, que Rayo no era dócil ni manso. Que el silencio y la obediencia eran formas de mantener al resguardo un mundo interior, acaso un plan perfectamente diseñado del que su maestro debía quedar al margen. Por eso no le retrucó. Por eso no le volvió a dirigir la palabra. Por eso, al día siguiente, hizo como si nada hubiera pasado. Solo se cuidó de putearlo menos, un poco menos, apenas lo justo y necesario.

CAOS

Atajó la bolsa con el hombro. Se abrazó a ella. Una lluvia salada sobre los ojos, la respiración de un asmático perseguido por perros rabiosos. La chicharra sonó justo para que su defección no resultara tan evidente. Estaba muerto y apenas iba media hora. Si quería convencer a Zafe, debía mostrar la energía de otros tiempos. Era el más veterano, por lejos, de todos los que entrenaban ahí. Y el único que parecía sufrir. Los demás aprovechaban el minuto de descanso para hablar boludeces. Algunos contorsionaban los hombros y el cuello para aflojarse o se seguían moviendo en puntas de pie para no perder calor. Rayo, duro; aferrado a la bolsa como si lo hubieran tocado en el juego de la mancha helada.

Zafe estaba en la otra punta del gimnasio con el Monito. A él no le había dado ni cinco de bola. El saludo, algún gesto desde lejos y punto. Una manera de bajarle el precio a la vista de todos. En eso apareció el Facha Weiss con su cara de pekinés. Tenía el pelo largo pero ralo, de un rubiecito que empezaba a cubrirse de ceniza. Se vestía con ropas de pendejo imitación Versace, aunque la edad ya no le daba. Caminaba sacando pecho y culo como un compadrito de historieta. Llevaba más de veinte años en la presidencia del club y nada de lo que pasaba en el Glorias de Pompeya le era ajeno. Manejaba el garito donde los comerciantes del barrio dejaban las ganancias de una vida de trabajo y era vivo para meterse en el bolsillo una tajada de los subsidios de la Municipalidad. Se acercó a Zafe y le habló al oído. El rengo asintió, estiró el cogote, lo buscó a él con un sobrevuelo vacilante de mirada —hizo que no sabía dónde estaba y que le costaba encontrarlo— y al fin lo llamó con la mano justo cuando sonaba de nuevo la chicharra. El gimnasio explotó con su ruido bestial. El repiqueteo de las peras, los guantazos en las bolsas, las sogas contra el piso y el aire saliendo a presión de las narices se fundieron en un zumbido único, agresivo, y que presagiaba lo peor.

—Acá el presidente me recuerda que para entrenar hay que pagar la matrícula y la cuota —le dijo Zafe.

—Son tiempos duros, ¿sabés, Juan? —interrumpió Weiss—. Y si yo hago una excepción con vos, mañana va a venir el Monito y me va a pedir lo mismo. No es personal.

—Yo no soy el Monito —respondió Rayo.

—Ya sabemos quién sos vos. Bastante lo sabemos. No la hagas más difícil.

—No tengo guita.

—¿Y vos te creés que estos negritos sí? —retrucó Weiss, pechito al frente—. Si te fumaste la plata afuera, nosotros no tenemos la culpa, ¿viste?

Se dio cuenta de que Weiss no quería hacerle pagar la cuota: quería humillarlo para saldar la traición de haber cagado a Zafe y el fracaso de haber terminado vendiéndose al mejor postor. Le estaba diciendo que bajara los humos, que él no era nadie especial, que los ecos de su triunfo en el Madison ya se habían agotado hacía rato.

Bajó la cabeza y dio un paso atrás, aturdido por el zumbido que crecía y se le enquistaba en los oídos. Miró a su alrededor y no llegó a captar la totalidad de lo que veía; solo *flashes*, pantallazos, como partes de un sueño olvidado. En un momento se encontró de frente con la cara de pekinés, y el ruido empezó a deformarse y a volverse insoportable.

Basta, basta, basta la puta madre.

Se le ocurrió que la fuente del disturbio estaba en los ojitos celestes de Weiss, en su hocico de perro, en esa sonrisa ladeada, sobradora, y le vinieron unas ganas irrefrenables de aplastarla.

Entonces pegó.

Pegó.

Pegó.

Con cada trompada desaparecía un rasgo de la cara de pekinés y lo reemplazaba otro.

Ahora, ojos amarillos de miedo.

Ahora, nariz roja de sangre.

Ahora, mueca de desesperación.

La chicharra dejó paso a su propia voz gritando insultos, a la de otros diciendo «parálaconchadetumadretevolvisteloco», al llantito maricón de Weiss. Y recién en ese momento advirtió que ya no tenía frente a sí la cara de pekinés sino rostros y cuerpos que lo envolvían y lo arrastraban y mezclaban sus sudores con el suyo en una sopa pringosa y ácida.

Reconoció a Zafe, al Monito, a un pibe que antes saltaba la cuerda y ahora le tenía trabado el brazo derecho, al mozo del bar que no se animaba a intervenir. Hizo fuerza para liberarse a las patadas, a los codazos y a las piñas, y finalmente logró que lo soltaran. Retrocedió y chocó contra una pared. Los demás se quedaron donde estaban. La distancia y un instante de silencio inesperado lo calmaron. Zafe y el mozo del bar arrastraron a Weiss hacia afuera. En la puerta del patio, como la mañana anterior, una silueta en sombras espiaba la escena. Supo que estaba ahí por él. Fue una corazonada.

Escapó hacia el vestuario, se sacó los guantes a las apuradas, las vendas. Ni se bañó. Agarró el bolso y se fue en pantaloncitos cortos, todo transpirado. Los que estaban en el bar salieron a verlo pasar. Escondió la mirada, apretó el bolso contra el cuerpo, corrió hacia la calle antes de que la cabeza le explotara.

Pensó en las caras deshechas de Urtaín y el Facha Weiss. Cuántos episodios de su vida se irían repitiendo casi calcados, pero con un final desangelado. Recordó algo que decía Hermosilla cuando se emborrachaba en los cabarets. «¿Sabes que toda acción genera una reacción? ¿Qué la muerte de una mujer en la India, una pinche mujer a la que ni siquiera conoces, puede cambiar tu vida, como una pieza de dominó que cae y arrastra a las demás, una a una? La muerte de una mujer en la India, la diarrea de un niño en China, una lluvia en Yucatán, un derrumbe en Moscú, cualquier cosa, aunque sea pequeña así, eh, así», y apretaba el dedo índice contra el pulgar, «con esto es suficiente, caos, caos, nuestras vidas», aseguraba Hermosilla con su voz de lamento, «penden de un hilo que ni siquiera podemos ver», y se escondía entre las tetas de alguna puta, acaso a llorar.

¿Y si, al fin y al cabo, tenía razón? Eso significaba que él no era culpable de nada y que había sido víctima de una reacción en cadena producida por sucesos de los que no estaba ni enterado. Mejor, entonces, resignarse, no hacerse daño con el remordimiento, dejar de pensar en las oportunidades rifadas y en las curvas traicioneras de la vida. Iba a volver a lo de Matilde, bañarse ahí, esperar en su cuarto la hora del almuerzo y del sexo siestero. Tal vez hasta le pidiera plata para pagar el club, porque con dos o tres meses por adelantado y unas disculpas oportunas, seguro que lo indultaban. No tendría problemas en arrodillarse ante Weiss para pedirle perdón. Al carajo el orgullo. Ya se había vendido más veces de las necesarias con la esperanza de que cada una fuera la última, y en esa estrategia suicida había aprendido a dominar su amor propio. Congelarlo, desoírlo, hacer como si no existiese.

—¡Qué quilombo armaste, Juancito!

No fue tanto la voz, a la que hacía años que no escuchaba, sino su nombre en diminutivo y la forma en que había sido dicho. Y el reptar de la frase también, un gusano de palabras que le llegó desde atrás, viscoso, pero certero como una puñalada.

LA EXACTITUD DEL DOLOR

El día del primer combate de Rayo con Harris, el Facha Weiss puso una pantalla gigante en el gimnasio y organizó un asado para los socios al precio de una cena en un restaurante francés. Toda ocasión le resultaba buena para juntar las cabezas de los giles del barrio. Zafe estaba invitado pero no fue, y eso que Weiss le había jurado que no le cobraría el cubierto. El rengo inventó que le iban a dar un premio a la trayectoria en un club de Carlos Casares, pero la verdad era que no quería ver la pelea por nada del mundo. Sabía que iba a dolerle mucho.

Después de que Rayo lo hubiera dejado pagando en Cali, se había hundido en una cloaca de reproches. «Me pasó por boludo, el hijo de puta arreglando con otro y yo en babia como los cornudos, pero en el fondo me pasó porque le tenía miedo y le aflojé la rienda, no podía entrarle en la cabeza y me agarró pánico de que ahí adentro hubiera algo que me arruinara el sueño de ganarle la partida a Dios. Boludo y blando fui, las dos cosas, y soberbio también, porque voy de que las sé todas, de que soy más rápido que un pedo líquido y me viene a madrugar un negrito que no habla, que no mira, que no siente, un negrito venido del campo que me la puso sin sacarme los pantalones, justo a mí, el rey del empedrado, y de golpe me vuelvo un idiota que se queda en el hotel haciendo las valijas mientras su pollo se raja con otro y lo deja pegado al fracaso, a esa espantosa sensación de ser un avión sin nafta condenado a ver el cielo desde el piso».

Zafe se tiraba sal en la herida sin la menor autocompasión. Gastó noches enteras flagelándose de lo lindo, sobre todo cuando empezaron a llegar noticias de los primeros triunfos de Rayo de la mano de Hermosilla, que en menos de dos años lo puso primero en el *ranking* mundial y le consiguió la chance con Harris.

La noche de la pelea en el Madison llamó a la bizca Inés y le pidió que le reservara una pendeja que se la bancara. Quería pasar toda la noche garchando para resistir la tentación de prender la tele y ver en vivo y en directo la suerte del traidor. Un triunfo reventaría la ampolla de la gloria mutilada. Una derrota le demostraría que finalmente había apostado mal. Los dos resultados lo lastimarían del mismo modo.

Llegó al prostíbulo a las once de la noche, temprano para un sábado. En el salón solo estaban Inés, vaporosa en un vestido amarillo que la hacía parecer un chicle globo inflado a desgano, y un custodio, muy ocupado en conectar un televisor sobre la barra.

—Para que no te falte nada —le dijo ella, señalando el aparato—. ¿Dónde te van a atender así, eh?

—Por mí no se molesten. No vine acá a ver la tele —contestó.

El custodio paró con lo que estaba haciendo y miró a la madama.

—¿No pelea hoy el pibe que era tu pupilo? —preguntó ella, desconcertada.

—Justamente.

Inés le dijo al custodio que se llevara el televisor al fondo y le sirvió a Zafe un Blenders cargado y sin rebajar.

—¿Qué pasa, Amílcar, te da bronca no estar allá?

—Dejá, no quiero hablar de eso.

Se quedaron en silencio un rato largo, los dos sentados en los taburetes de la barra. Zafe tomaba el whisky con la mirada clavada en el piso y la bizca lo acompañaba como en un velorio, los dedos entrecruzados sobre la falda, asintiendo cada tanto con cabeceos cortos, como si en su mente se desplegaran en cámara lenta las razones que habían provocado el desasosiego brutal y oscuro de su amigo.

—Traeme la mina —dijo de pronto Zafe, tras dar el último sorbo.

—¡Fabiola, vení! —gritó Inés, y apareció la flaquita que Rayo había elegido la primera noche—. Así como la ves, se banca una anaconda entera.

La chica tenía puesta una tanga blanca y un *baby doll* de encaje transparente que dejaba ver sus pechos pequeños, como de nena que aún no tuvo la menarca. Besó a

Zafe en la boca con una caricia mullida de labios cerrados, lo tomó de la mano y se lo llevó al mismo cuarto en el que había estado con Rayo. Lo invitó a desnudarse y asearse en el baño, mientras ella se sacaba la tanga y el *baby doll*, y se arrodillaba en la cama como si tuviera seis años y esperara el saludo de buenas noches de un padre incestuoso.

—¿Cómo te llamabas vos? —preguntó el rengo desde el baño.

—Fabiola.

—Pero ¿es tu nombre de verdad?

—No. El verdadero es Nilda, pero para trabajar no me gusta. Fabiola lo escuché en una telenovela colombiana.

Zafe fue hasta la cama con un toallón blanco atado a la cintura. Se sentó y la chica lo abrazó por detrás y empezó acariciarle el pecho con las puntas de las uñas, suavemente, al mismo tiempo que le daba besos cortos en el cuello.

—Un pupilo mío dijo que te llamabas Patricia.

—A que fue Juan, el morochito ese.

—Sí.

—Pobre. Me cogió llorando. «Patricia, por qué, Patricia, por qué», decía. Yo trataba de calmarlo, pero no había forma: las caricias lo ponían peor.

—¿Qué le pasaba, sabés?

—No. Le pedí que me contara, porque a veces nosotras somos buenas para escuchar a los hombres, pero se cerró como una ostra. Después vino un par de veces solo y eligió a otras chicas y les hizo la misma escenita,

«Patricia, Patricia...». Hace rato que no lo vemos por acá. Para nosotras es un alivio, porque te contagiaba la tristeza y una tiene que seguir trabajando, ¿viste?

Fabiola hizo todo bien. Usó su ternura de lolita y su destreza de puta bien aprendida para despertar el vigor de Zafe, pero el esfuerzo fue inútil: el rengo tenía una mitad de la cabeza puesta en lo que iba a pasar en el Madison y otra en el misterio de Rayo, sobre el que imprevistamente había avanzado un poco más.

En un momento le dijo a la piba que parara. Se echó de costado sobre su lado izquierdo, donde el dolor de la cadera no se sentía tanto, y le pidió que le pegara el cuerpo desde atrás y le pusiera una mano sobre el oído, porque no quería escuchar el murmullo que llegaba desde afuera y que sonaba al relato entusiasmado de una pelea vibrante.

Se sintió vacío, como si su vida entera acabara de perder sentido. Y se permitió un deseo infame: que Rayo perdiera mal, con paliza y deshonra, porque entendió que ese era el mejor dolor, el dolor justo, el único que iba a poder resistir. La exactitud del dolor que le permitiría vivir sin odio.

INSTINTO

Lo peor no es el frío ni la noche. Lo peor es el silencio líquido e inestable, quebrado permanentemente por sonidos que lo desconciertan. Por momentos no escucha nada, como si le hubieran tapado los oídos con algodón. De golpe, surgiendo de fisuras leves, el cascabel de las copas de los árboles zarandeadas por el viento, algún pájaro, las voces, ay, las voces, que terminan de componer viejas pesadillas.

—Juancito.

Clarito lo escucha.

—Juancito.

Con la entonación sobradora de un tipo que te mira por sobre el hombro porque cree que sos menos que él y quiere que lo sepas.

«Juancito qué, la concha de tu madre, rajá de acá antes de que te cague a trompadas como al forro de Weiss, que ya no soy tu perrito faldero, Juan Rayo soy, me entendés, la puta madre, Juan Rayo».

Así tendría que haber reaccionado aquella vez y ahora no estaría ahí, esperando la muerte entre fantasmas.

—Dale, pelotudo, que soy yo. —Fue lo que escuchó luego de su nombre aquel día.

Una mano lo agarró de un brazo, lo dio vuelta bruscamente y lo enfrentó a una cara que no quería ver. Las facciones más endurecidas por los años. Los ojos opacos de siempre, como si no vieran nada o vieran demasiado. Y esa sonrisa que no se le descolgaba nunca y que, por permanente, parecía la de una máscara.

Vicente.

La sombra que lo espiaba en el gimnasio era Vicente.

Rayo se dejó abrazar, apretar, sacudir, sin atinar a reacción alguna, inerte como si fuera un maniquí manco e idiota. Rayo olió el perfume, sintió el roce suave de la tela fina del traje, captó el reflejo dorado del Rolex en la muñeca derecha.

—Vení, vení, vamos a tomar algo —dijo Vicente.

—No, no... —Se separó de un empujón, pero la perspectiva empeoró el cuadro. La baldosa de distancia subrayaba la magnitud de su decadencia: un boxeador transpirado que huye en pantaloncitos cortos frente a un hombre con pinta de ejecutivo—. Tengo que ir a ver a un periodista...

—Dale, Juancito, ¿qué te pasa? Vamos a mi auto y de paso te llevo adonde vayas. Lo tengo acá a la vuelta.

Vicente le pasó un brazo por los hombros y no necesitó ni arrastrarlo. Su magia de encantador de serpientes seguía intacta. En el camino se puso a hablar del quilombo del gimnasio como si fuera una película de los Tres Chiflados.

—Eran un montón contra vos solito y no te podían frenar: «Agarralo de ahí, dale, guarda». Pasaron los años pero seguís conservando el instinto, eh. Tendrías que haberlo visto, al rengo. Temblaba todo, pobre, porque me parece que no sabía qué hacer, si atender al rubio que sangraba o ayudar a los pendejos que forcejeaban con vos. Iba y venía como un bailarín con epilepsia.

Compró dos latas de cerveza en un kiosco y abrió una camioneta plateada último modelo que, al lado de los cascajos estacionados en esa cuadra, parecía un cohete de la NASA. Lo invitó a subir y le pasó una de las latas de cerveza.

—¡Por el reencuentro! —dijo una vez adentro, y le propuso un brindis.

Rayo lo dejó con el ademán diluyéndose en el aire. Tenía sed y tomó un trago a fondo.

—No te ahogués, que si te ahogás nos quedamos sin negocio.

—Yo no hago negocios. Yo peleo.

—Mirá, Juancito, yo sé lo que hubo entre nosotros. —Apoyó el codo izquierdo en el volante y se torció todo para enfrentarlo—. Mi presencia no te debe de causar mucha gracia, y es lógico. Por eso llevo un par de días siguiéndote a escondidas mientras pienso si sos o no sos el hombre que necesito. No estoy acá para recordar cuando cazábamos pajaritos en Villa Luppi ni para pedirte disculpas por lo de Patricia. Vos te fuiste, ella se quedó y yo aproveché...

—Cinco minutos, dijiste —interrumpió Rayo, que no quería discutir sobre Patricia. Se hacía el frío, los ojos en la ventanilla mirando a las vecinas que iban y venían de la feria arrastrando los changuitos.

El otro respiró hondo, enderezó el cuerpo. Tomó un sorbo corto de cerveza y arrancó con la cadencia de los argumentos bien aprendidos.

—El sábado 26 de octubre el pueblo cumple cien años. Las cosas allá no están bien. Las inundaciones se comieron los campos y las casas están en la única superficie que no se anegó. ¿Viste una isla? Bueno, igual. Pasó lo de siempre, pero esta vez peor, mucho peor. Si no quedamos aislados del todo es porque el agua perdonó la ruta. Igual vamos a hacer una fiesta bárbara y quiero que vos seas el protagonista. Mi idea es que pelees contra un pibe de allá. Un boyerito que recién empieza, poca cosa...

—¿Y desde cuándo sos promotor de boxeo, vos?

—Soy el secretario de Gobierno. Mi yeite es la política. La política y los negocios, en caso de que sean cosas distintas.

—¿Y yo qué pito toco?

—Vos sos la estrella. —Volvió a entusiasmarse y pasó el brazo por encima de la butaca de Rayo; otra vez la cercanía empalagosa—. El hijo pródigo que vuelve cubierto de gloria para el centenario del pueblo. Vas, te agasajamos, peleás y te volvés con un paquete de guita.

—¿Cuánto?

—Diez lucas.

—Mirá que resultaste generoso.

—Es que yo te conozco: gratis ni te atás los cordones. Aunque, escuchame bien, vamos a decir que no cobrás un mango. Que vas a pelear por amor al pueblo y a la causa, porque el festival es a beneficio de las víctimas de las inundaciones. Las diez lucas te las llevás por izquierda, cinco antes, cinco después. ¿Qué te parece?

Rayo se encogió de hombros, mientras se llenaba la boca con un buche de cerveza y tragaba haciendo ruido.

—Hay un solo detalle —siguió Vicente, cebado, cada vez más cerca, cada vez más peligroso—. La pelea tiene que durar diez *rounds*. Ni uno ni nueve. Diez. No podés ganar por nocaut. Esa es la única regla.

—¿El otro sabe?

—El otro es un pichi.

—Pero supongo que tiene manos. ¿Y si me noquea él?

—¿A vos? Por favor... Vos sos un profesional. Y yo solo hago negocios con profesionales.

—¿Y por qué diez *rounds*?

—Eso es cosa mía, Juancito. Mientras tus diez lucas estén, ¿qué te calienta?

Una buena bolsa. Una pelea de exhibición. Ni siquiera le pedía que se dejara ganar. ¿Por qué no? ¿Qué tiene de malo?

Patricia.

Volver a verla y sentir que el dolor se mantenía intacto. Eso era lo malo. Enfrentarse a la decepción que aceleró todo. Y encima hacerle el juego al hijo de puta que se la había cagado. El orgullo no contaba si había que chuparle la pija a Weiss. Pero con Vicente, sí. Con él se agrandaba, se endurecía como un callo.

Rayo abrió la puerta de la camioneta. Vicente le atenazó un brazo para retenerlo.

—¿Y, Juancito, qué me decís?

—Olvidate. —Se soltó de un tirón y bajó.

—¡Es buena guita!

—Olvidate.

—¿Por qué, pelotudo?

—Porque se me cantan los huevos.

—Está bien, está bien, pero pensalo. Con la cabeza fría vas a cambiar de idea. Me quedo hasta el fin de semana en el Sheraton. Venís a verme y te llevás la guita ahí mismo... ¡Cinco lucas antes, cinco después!

Rayo, ahora, mientras recuerda, siente que se desgaja del árbol del que está apoyado, que se vuelve aire como las voces que le retumban por dentro.

Su cuerpo desarmado se vuelca lentamente hacia la derecha y él no tiende a nada. El frío de la tierra húmeda en la cara, la debilidad que crece y que se asemeja a un estado de somnolencia.

Todo se vuelve más lento, más blando, más lejano, eco de ecos.

CONTRAGOLPE

Weiss le rompe las pelotas para que, antes de operarse, venda el departamento y se compre algo en una planta baja, «un PH sin expensas y con patio para que te entre sol», dice, «porque este sucucho oscuro es más para murciélagos que para seres humanos, mirá la humedad que tiene, Amílcar, esto te hace mierda los pulmones, además, tres meses en muletas en un tercer piso por escalera es como aislarte en la punta del Everest, cómo vas a hacer para subir y bajar, te vas a volver más dependiente que un lisiado». Pero Zafe aprendió a desarrollar un reflejo condicionado: basta que Weiss le diga algo para que él haga lo contrario. Lleva años viéndolo cagar gente y teme ser la próxima víctima. Como ahora, que quiere presentarle al dueño de una inmobiliaria de Parque Patricios para que se encargue de la operación, «él viene, tasa el departamento, lo publica en *Clarín*, busca en la zona algo de más o menos la misma guita y vos ni tenés que molestarte, Amílcar, él maneja todo, un pase de manos y ya está». Tanta simpleza y tanta insistencia le hacen pensar en una trampera para pajaritos ancianos y boludos, y se pregunta cuán grande puede ser la tajada que le toca a Weiss por hacerlo caer. La medida de la traición, a veces, puede resultar insignificante,

El día siguiente a que Rayo le ganara a Harris, Weiss subió los tres pisos por escalera largando espuma por la boca. Al asado había ido poca gente y la pantalla gigante había funcionado como el culo, pero no era ese el tema. A Weiss le preocupaba otra cosa.

—Él no puede dejarte de garpe de un día para el otro, irse con otro mánager, llenarse de guita y vos acá, de brazos cruzados. ¿Sabés las bolsas que va a cobrar ahora como campeón? Tenés que hacer valer tus derechos, Amílcar, vos eras todo para él, sin vos no hubiera llegado a nada.

—¿Y qué querés que haga?

—Juicio, pelotudo. Yo conozco un abogado que la tiene más larga que vos, *Bumón* se llama. —Y le dio una tarjetita que sacó de un bolsillo trasero del pantalón.

Zafe leyó «Gerard Beaumont, doctor en Leyes», una dirección en Buenos Aires, otra en Reims; *francés*, pensó, y le sonó exótico y, por lo tanto, esperanzador.

—Llamás de mi parte —siguió Weiss—, pedís una entrevista y le contás el caso. Igual algo ya sabe, porque se lo anticipé yo: si hacemos las cosas rápido y bien, calcula que le podemos morder un palito verde o más.

No le gustó que el presidente del club hubiera usado la primera persona del plural porque no tenía vela en ese entierro, a no ser que *Bumón* le hubiera prometido un porcentaje de la plata. En otras circunstancias, ese detalle hubiera bastado para descartar la propuesta, pero el triunfo de Rayo lo había dañado. Su pollo victorioso en el Madison y él acurrucado entre los brazos de una puta sin tetas, el final lamentable de un sueño hecho pedacitos.

Pensó en el juicio como una revancha, como un contragolpe violento que corrigiera el rumbo de la historia y lo encontrara, en su nuevo desenlace, algo mejor parado, si no en el rincón del campeón, al menos con dinero en el bolsillo.

Le dijo a Weiss que no estaba seguro, que lo iba a pensar, pero el lunes a primera hora llamó al estudio de *Bumón*. Lo atendió una mujer que hablaba con pausas largas y lo trataba de caballero, y arregló una entrevista para esa misma tarde.

El estudio del abogado estaba en el cuarto piso de un edificio antiguo de Uruguay y Lavalle, que tenía ascensores jaula, escaleras de mármol y puertas de roble con la letra del departamento en bronce. *Hay guita acá*, pensó, y eso redujo la desconfianza que le provocaba la recomendación de Weiss.

Lo atendió la mujer del teléfono, una cuarentona alta y muy bella que llevaba el pelo sujeto en un rodete gigante y daba la impresión de que había sometido su cabello a una tensión tal que también le alisaba la cara y le achinaba los ojos, rasgados y negros. Lo invitó a esperar en un sillón de cuero bordó. La antesala estaba vacía. La mujer se sentó a un escritorio de madera lustrosa. Atendía los llamados, algunos en francés, y escribía en una máquina eléctrica cosas que leía de unos papeles apoyados en una especie de atril.

A Zafe le llamó la atención la cantidad de fotos de gente famosa que había colgadas en las paredes: en todas estaba un hombre alto, delgado y elegante con bigotito anchoa como Errol Flynn —seguramente *Bumón*—, posando con Maradona, Monzón, Galíndez, Mirtha Legrand, Alfonsín, Gatti, Porcel. Algo extraño tenían esos retratos, algo artificial, discordante, y no lograba encontrar la causa. Pensó, en un principio, que podían ser montajes, o en su defecto una versión muy sofisticada de esos artilugios de los parques de diversiones en los que uno ponía la cara en una silueta de madera con la forma de Popeye. Se levantó y pidió permiso a la mujer para verlos de cerca. Ella sonrió, comprensiva, como si ya estuviera entrenada en el efecto que causaba a los visitantes semejante exhibición, y le respondió con un «adelante, caballero, haga como en su casa».

Zafe primero se detuvo frente al retrato de *Bumón* con Alfonsín.

—El doctor y el presidente son grandes amigos —dijo la mujer.

—Se nota —respondió Zafe, y pasó rápido al retrato de Mirtha Legrand, y luego al de Monzón.

Advirtió que *Bumón* siempre lucía sereno, si se quiere distante, con una sonrisa tan leve que el bigotito apenas se le ondulaba, mientras que los famosos reían a puro diente. *No debería ser así*, pensó, *debería ser exactamente al revés: el famoso escamoteando simpatía ante el pesado que le pide la foto.* Lo extraño era eso: una distorsión de la posición de poder. Alfonsín, Monzón, Maradona, desesperados por retratarse con *Bumón*. Weiss no se había equivocado: *Bumón* la tenía muy larga.

—El doctor lo espera —dijo la mujer, que se levantó y lo condujo hacia un despacho amplio y soleado.

Zafe, que se había puesto un *blazer* azul de solapas anchas, el único que tenía, se sintió mal vestido e insignificante ante un *Bumón* señorial y radiante en un traje color arena que parecía condensar la luz que venía de afuera. El abogado le dio una mano desganada y lo invitó a sentarse como quien hace un favor generoso.

Lo desconcertó que no gangoseara al pronunciar la erre, como suponía que hacían los franceses, y que su acento fuera tan porteño como el de cualquiera. Lo alivió que tuviera ojos celestes, porque entendía que los ojos claros denotaban un espíritu transparente.

—¿Usted era amigo de…? —El abogado estiró la «e» y entrecerró los ojos, la anchoíta perfectamente afeitada en asombrosa horizontalidad.

—Weiss.

—Weiss, sí, claro, dígame.

Zafe le contó el caso. Todo lo que había hecho por Rayo, los cuatro años de enseñanza, la atención exclusiva, el apoyo moral y económico, el abandono en Cali, el deseo de ser recompensado.

—¿Trajo el contrato?

—No teníamos contrato.

Bumón se quedó un instante pensativo, frunció el mentón como quien evalúa un plan de ataque y finalmente dijo lo que Zafe deseaba escuchar.

—No importa. El vínculo entre ustedes se prueba con testigos, notas de prensa, fotos. Podemos hacer juicio por la ruptura intempestiva e injustificada del contrato de hecho que los unía. Lo que hay que demostrar es que usted fue determinante en la formación de Rayo y que parte de su éxito actual le pertenece. ¿Tuvo otro entrenador antes que usted?

—No sé. Él hablaba poco. Una vez me dijo que había hecho siete peleas en su pueblo.

—Averigüe si están registradas en algún lado. Caso contrario es como si no hubieran existido jamás. Arme una carpeta con todos los elementos que demuestren que Rayo, sin usted, no hubiera llegado a nada. Con eso, abrimos una demanda por daños, perjuicios y lucro cesante con altas probabilidades de éxito.

—¿De cuánta plata estaríamos hablando, doctor?

—No me gusta hablar de cifras en el aire para no crear falsas expectativas.

—Sí, lo entiendo, pero es para darme una idea nomás.

—Mire, yo trabajé un caso parecido en Francia, entre un campeón de ciclismo y su mánager, y terminamos llegando a un acuerdo por un millón de dólares, un poquito menos tal vez.

Escuchar esa cifra de un tipo serio e importante como *Bumón* fue como si le hubieran acercado amoníaco a la nariz, al punto que ni le importó que le pidiera mil dólares para iniciar la causa en los Estados Unidos, dinero que no tenía. Salió del estudio con energía para pelear quince *rounds* con Hagler. Tomó el 26 y fue hasta la Federación a ver al gordo Gigliotti, un periodista que tenía el archivo más completo del boxeo nacional. Le prometió unos pesos a cambio de que chequeara si las peleas que Rayo había hecho en su pueblo figuraban en algún lado y de que le fotocopiara recortes con notas en las que se hablara de Rayo y él como pupilo y maestro.

La plata se la pidió al Duro Cameselle, un capitalista de juego al que conocía del *ringside* del Luna Park. Le contó para qué era y Cameselle se puso rápido de su lado: le dio la guita a pagar en diez cuotas, sin cobrarle intereses. Solo le pidió que se la devolviera en dólares para cubrirse de la inflación.

¿Boludo, yo? Te vas a tener que comer esta entera y sin doblar, se decía en el punto cumbre de su embale, el dolor transformado en una reacción inesperada, la mano invisible que agarra a Rayo abierto y confiado, un *cross* en la mandíbula para que la cabeza le suene como una campana de catedral. *Boludo las pelotas, que con un palo verde me voy a coger a todas las Patricias del país hasta llegar a la tuya, la verdadera, y ahí sí vas a sufrir.*

Gigliotti cumplió su parte rápidamente y, diez días más tarde, Zafe volvió al estudio de *Bumón* sin cita previa pero con una carpeta llena de las pruebas que, imaginaba, le harían ganar el juicio por nocaut. En el reverso de la tapa había enganchado un sobre papel madera con los mil dólares. Lo recibió la mujer alta y bella: le dijo, esta vez sin pausas largas, que el doctor se había ido de viaje a Francia, pero que apenas volviera se comunicaría con él, que tuviera paciencia, que lo principal ya estaba hecho, y dio una palmadita en la carpeta con las pruebas y los mil dólares.

Fueron dos minutos. Salió de ahí con una sensación inexplicable: el entusiasmo había desaparecido y le había dejado una oquedad en el pecho. Lo que pasara, de ahora en más, ya no dependía de él. Tendría que acostumbrarse a la elasticidad del tiempo, a los retorcijones de la impaciencia, a ver que todo se enfriaba, se aquietaba, menos su dolor.

Después de cuatro meses sin noticias, un día Zafe no aguantó más, dejó a los negritos entrenando solos y fue a la oficina de *Bumón*. Tocó el timbre y no atendió nadie. Miró la hora, diez y media de la mañana, tal vez demasiado temprano. Se metió en un bar a tomar un café y regresó a las doce menos cuarto. El resultado fue el mismo. El portero del edificio, que estaba lustrando la baranda de la escalera, lo vio y le dijo que no insistiera, que los inquilinos del cuarto piso se habían ido de la noche a la mañana, al parecer dejando un tendal de deudas, porque a cada rato venía alguien a reclamar y él tenía que poner la cara sin comerla ni beberla.

—¿A usted también lo cagaron? —preguntó el portero.

Le contestó que no, que a él no lo cagaba nadie, que aún no había nacido el tipo que se atreviera. Y bajó los cuatro pisos por escalera, urgido por regresar al club y gritarles a los negritos de la villa que eran unos pelotudos, que así no iban a llegar a nada, que la única esperanza que tenían era él, Amílcar Zafe, un hombre duro y sabio.

DE RODILLAS

Matilde insistía y ponía todo su empeño, que era mucho y generoso, pero él, nada. Y eso que ya había intentado el truco de cerrar los ojos e imaginar que la mujer que corcoveaba sobre él era la otra Matilde, la que jamás lo había mirado de frente, la del culo paradito que hacía levantar los batones. La Matilde insinuante, esquiva, inalcanzable del Turco Ahmed. Si en el *ring*, contra el Monito, la cabeza le había respondido pero el cuerpo no, acá el desastre era completo. Porque para que el cuerpo reaccionara necesitaba olvidarse de la oferta de Vicente y lo que flotaba detrás.

Matilde se bajó. Tenía las tetas coloradas de tanto estrujárselas. Se desplomó a su lado, miró el techo, le agarró la mano. Le preguntó si le molestaba que se arreglara sola. Rayo le contestó que no. Ella abrió un cajón de la mesita de luz y sacó un consolador enorme de plástico rojo. Empezó a pasárselo suavemente por el lado interno de los muslos. Gemía, se mordía los labios, extasiada, mientras lo subía, las piernas esponjosas de celulitis abriéndose para engullir la cachiporra, un cuerpo monstruoso retorciéndose entre jadeos cada vez más fuertes. Se sacudió varias veces, murmuró el nombre de su marido muerto y luego, tras un momento de silencio y parálisis, se sacó el consolador con las puntas de los dedos y lo tiró a un costado. Cerró los ojos, la respiración de a poco se le hizo más lenta y, al ratito, ya estaba roncando.

Después de coger, Matilde solía dormir una hora o dos con la placidez de un angelito. Era el momento en que él aprovechaba para irse. Le costaba quedarse en esa cama mucho tiempo. La foto del Turco Ahmed lo ponía nervioso. Se levantó, juntó su ropa del piso, que se había caído a causa de los revolcones de la mujer, y se vistió de parado para que los resortes de la cama no chillaran y ella pudiera seguir durmiendo. ¿Y si se dedicaba a ser su amante permanente, acaso su pareja oficial? Tal vez pudiera trabajarle el kiosco, ayudar con el mantenimiento de la pensión. Se mudaría a la casa de adelante, comería bien todos los días y no tendría necesidad de garchársela religiosamente en cada siesta. Sería una salida. O una fuga. Una forma de derrota también.

Entonces, la cumbia. Un *chingui-chingui* atronador que hizo vibrar los vidrios de las ventanas y despertó a Matilde, que se levantó tirando manotazos al aire como Godzilla, arrancó de un tirón la colcha, se enrolló en ella y salió al pasillo.

–¡Benavídez y la puta que te remil parió! ¡Bajá la música o te juro que te echo a patadas en el orto y esta noche dormís en el patio de la iglesia!

Fue suficiente. El inquilino apagó el grabador y Matilde volvió dando un portazo.

—Batime un café, querés —le ordenó a Rayo.

Mientras ella se metía al baño, él puso a calentar la pava con agua, agarró un jarrito de vidrio, le echó dos cucharadas de café instantáneo, tres de azúcar, un chorrito de soda y revolvió hasta que la mezcla tomó un cuerpo espeso de color marrón claro. Pensó en eso como su próxima vida. El marido hacendoso de la viuda del Turco Ahmed. El hombre todo servicio. El amante *full time*. Matilde salió vestida con una bata rosa de toalla. Rayo le alcanzó el café humeante, coronado con una espuma blanca.

—Hmmm, qué rico —dijo ella y lo besó en la boca—. ¿Sabés en qué te equivocás vos? En pensar que el problema es Weiss.

Retomó de golpe la conversación que habían tenido antes de ir a la cama y la continuó como si lo ocurrido en el medio (treinta minutos de sexo fallido, diez de autosatisfacción, diez de siesta) hubiera sido solo una hoja de diario que se descorre con la punta húmeda de un dedo.

—Si el problema fuera Weiss, te lo soluciono yo en una noche. La cuestión es convencer al rengo. Cuando lo largaste, fue como si toda su carrera se hubiera venido abajo. Iba al kiosco y se pasaba horas hablando con el Turco. Quería saber qué pensaba de vos, si alguna vez te había visto pinta de cagador. Lo que le jodía era no haberse dado cuenta. Tenés que hablar abiertamente con él. Prometerle que vas a quemar tus últimos cartuchos sin más trampas. Que si lo lográs, lo logran los dos. —Hizo una pausa para dejar el jarrito en la pileta de la cocina y luego siguió, decidida—. Llamalo esta noche a la casa, dale, desde acá. No, no, estas cosas no se hablan por teléfono, andá a verlo, mejor. Se junta en el Bar España con un montón de jubilados a jugar al truco por plata. Si tenés que ponerte de rodillas ante alguien, que sea con él, ¿o no?

Rayo asintió. De rodillas iba la cosa. Con Weiss, con Zafe. Con cualquiera, menos con Vicente.

ODIO

Lo que siguió fue una ofensiva absurda. Con lo poco que le quedaba (nada, en realidad, solo la convicción de que si bajaba los brazos iba terminar muriéndose rápido), Zafe se lanzó a la búsqueda de otro Rayo. Parecía un tendero enloquecido por encontrar el saldo de tela perfecto. Estaba dispuesto a trasegar el barro de todas las villas de Buenos Aires, a hundir las manos en la mismísima mierda de los pozos ciegos si era necesario, hasta encontrar en los ojos de un negrito lo que le había visto al traidor.

Se ilusionó con un pibe de Glew, un mediano algo retacón, zurdo, vivo para moverse de contra, pero que iba a entrenar un día sí y otro no, además de que vivía enredado en líos de polleras. A los ocho meses le pidió plata para el aborto de una pendeja de quince años a la que había embarazado con el primer polvo, para peor, hija de una prima. «Figuresé, don Zafe, el quilombo que se me viene encima si esto salta, mire si termino preso por cogerme a una menor, yo ya le dije que se lo hago sacar y después me caso, y la Karina quedó conforme, por ahora digo, porque uno con las minitas nunca sabe, ¿vio?». La suma en australes no parecía tanta, pero Zafe era medio burro para los números, tendía a seguir pensando en pesos y con la conversión se hacía un matete bárbaro. Le dio vueltas al asunto para ganar tiempo. El otro insistió, porque a diferencia de Rayo era simpático y hablaba hasta por los codos. Zafe, entonces, con la mente varada en un jeroglífico matemático de ceros de más o de menos, se rindió y le dijo que sí. Pero, en ese mismo instante, algo en la mirada de su pupilo lo frenó en seco. Recordó la deuda que venía arrastrando con el Duro Cameselle, el bigotito anchoa de *Bumón*, el regreso solitario desde Cali, el diario con el triunfo de Rayo en el Madison. Un encadenamiento sin lógica temporal pero que contenía tantas humillaciones que ardía como una úlcera. Se corrigió. Le dijo que no, que ni en pedo, que si no le daba la cabeza para ponerse un forro no iba a cargar él con las consecuencias del polvo, «qué me garantiza que usted mañana no vaya a hacer lo mismo con otra, así que no me venga con boludeces, acá se entrena, se aprende y punto, que a fin de cuentas uno no es un banco, los puteríos de la villa en la villa, me entiende, en la villa, será de Dios…».

El pibe de Glew no apareció nunca más por el Glorias de Pompeya y las otras ilusiones le duraron menos o ni llegaron a formarse, la realidad como un frontón inexorable en el cual rebotaban todos los sueños, aun los de venganza. El odio se le fue asentando, igual que el sabor de un guiso, bien en el fondo, y un día se dio cuenta de que no valía la pena seguir revolviendo. Fue cuando Rayo defendió el título ante Giresse en París. Esa tarde (porque allá era de noche, por la diferencia horaria), apiló almohadones en la cama para recostarse con la espalda lo más erguida posible, agarró una botella de Criadores por la mitad, un vaso y prendió el televisor para ver la pelea. Quería probarse, saber si era capaz de resistir la buena suerte del tipo que lo había cagado. Faltaba más de una hora. El combate preliminar era entre pesados: un negro norteamericano bajo y rollizo contra un alemán bien armado, campeón de Europa, al que seguramente querían inflarle el récord para conseguirle una chance por el título mundial ahora que lo tenía el matungo de Michael Spinks. El negro había puesto toda su grasa al servicio de no caer demasiado rápido. El alemán le hacía recordar a Primo Carnera, por lo grande y lo torpe para pegar. La pelea se hizo larga y la fue bajando con whisky e ideas que le estallaban de pronto como fuegos de artificio. Se le ocurrió que su oportunidad podía ser Urtaín. En la Argentina casi no había pesados: tres o cuatro gordos y pará de contar. Y en el mundo, tampoco: Clay había liquidado a una generación y Holmes, a otra. Si le hacía la cabeza a Urtaín para que no arrugara al primer bollo, si lo manejaba con astucia, si lograba que coordinara al menos un uno-dos decente, a lo mejor arañaban un semifondo en París. ¿Cuántos años tendría ya Urtaín? ¿Treinta y dos? Todavía le quedaba un hilo de juventud del cual tirar, así que la idea era descabellada, pero no tanto. Se puso a pensar apodos —el

Asesino de Pompeya, la Montaña Humana, Terminator—, pero uno a uno los fue descartando porque le sonaban gastados o ridículos, hasta que se quedó dormido. Despertó de noche por los balazos de una película de guerra. Le costó darse cuenta de qué había pasado; él apestando a *whisky,* desbarrancado de una montaña de almohadones, con el televisor encendido, una botella de Criadores vacía y un vaso roto en el piso. Lo primero que le vino a la memoria fue la pelea del negro y el alemán y el delirio estúpido de convertir a Urtaín en un boxeador en serio. Nada de Rayo. Absolutamente nada.

Sintió la puntadita molesta en la cadera, buscó una posición mejor y se quedó amodorrado, en un estado de paz interior que hacía tiempo no sentía. Fue como si esa borrachera a deshora lo hubiera sedado. Sabía que le iba a costar volver a dormir, pero que mientras siguiera así, con el corazón domado y el cerebro lento, todo iba a estar bien. Hasta que sonó el teléfono. Pensó en dejarlo llamar hasta que cortaran, pero algo le dijo que debía atender. Era el gordo Gigliotti, desde la Federación. Hablaba apurado: «Fernández, tu Fernández, ahora, lo vas a dejar solo, dale, tomate un taxi que llegás».

Se levantó a los tumbos, se metió los dedos en la garganta y vomitó el nudo ácido que tenía en la boca del estómago. Se refrescó la cara, agarró el bolso y la campera y salió hacia la avenida Sáenz todo lo rápido que le permitían sus piernas desparejas. La avenida era una grieta de luz mortecina por la que deambulaban zombis de caras ausentes a la pesca de un colectivo que los llevara a lugares todavía peores. No venía un puto taxi. Estaba por ir a lo de Weiss para pedirle que lo llevara cuando vio venir uno que doblaba por Traful y lo paró. El chofer manejaba despacio, era prudente y no se animó a cruzar las vías con las barreras de la estación a medio bajar. El tren a Laferrere se tomó todo el tiempo del mundo. Cuando Zafe llegó a la Federación, la pelea de su pupilo se acababa. Fernández, un *welter* poca cosa que había traído de Corrientes, gateaba en un rincón buscando el último resabio de fuerza para levantarse, mientras los dedos del árbitro dibujaban ante sus ojos los números implacables de la derrota. Zafe, blindado en una paz somnolienta, sintió que ya no debía correr más. Que el juego había terminado. El odio bien en el fondo, reteniendo como un bloque de cemento el orgullo pisoteado.

VERDAD

Vio por la ventana que Zafe jugaba al truco con otros tres viejos en una mesa del fondo. No había más clientes que ellos. El rengo estaba de espaldas a la puerta. Los cuatro miraban alternativamente las cartas que tenían en las manos, el rostro de su compañero, los rostros de los rivales. Buscaban, seguramente, pasar a su pareja las señas del juego. Ninguno notó su presencia, y eso que ya llevaba un rato espiando. Estaban capturados por la mentira, porque el truco es un pasatiempo de farsantes, y eso lo hizo dudar: él no había llegado ahí para engañar, sino para confesar su verdad más profunda. Pero tenía un plan y decidió seguirlo. Bajó el picaporte muy suavemente y empujó sin resultado. La puerta parecía trabada en algún lado. Repitió el movimiento con más fuerza, arremetió con el hombro y el vidrio se estremeció con un ruido embarazoso.

El viejo que estaba de frente fue el primero en reparar en él y lo miró con desconfianza. Zafe se dio vuelta. Achinó los ojos. Tardó varios segundos en reaccionar. Les dijo algo a los demás y se levantó con torpeza, como si tuviera la cintura enyesada. Se acercó bamboleándose, acaso exagerando su renquera. Corrió un pestillo en la parte superior de la puerta, abrió y lo hizo pasar.

—Si quiere jugar al truco acá, tiene que traer compañero —dijo mientras volvía a poner el pasador.

—Quiero aclarar todo, eso quiero.

Zafe le pidió que se sentara y le ofreció una copa. Rayo se apuró a contestar que no, aunque en verdad tenía ganas de una grapa, una ginebra, cualquier bebida fuerte que le destrabara el pudor y la lengua. Pero demorar mucho el trámite podía ser fatal. Las palabras lo complicaban, más aún cuando debían rescatar sentimientos que había enterrado como si fueran los residuos contaminantes de una catástrofe nuclear.

El rengo se sentó frente a él e hizo un movimiento corto con la cabeza para incitarlo a hablar. Rayo se complicó mentalmente con una pavada: por dónde empezar, si por lo de esa mañana con el Facha Weiss o por lo de aquella noche en Cali con Hermosilla. Repitió tres veces la palabra «perdón» en voz baja y luego se sorprendió mencionando a Patricia, la que no se jugó por él, la que lo cagó con otro, la traición sufrida en carne propia cuando todavía era un pibe tierno, la decepción original que explicaba todas las que él habría de provocar más adelante.

Le contó con detalles la escena en la estación de Villa Luppi, ella que no quiere subir al micro y que forcejea y se suelta, la noticia terrible que le llega un día antes de viajar a Cali —Patricia se casa con Vicente—, su vida entera que pierde sentido, el deseo de escapar que se le vuelve una brasa de fuego en el medio del pecho y Hermosilla apareciendo de la nada para ofrecerle una ruta que lo lleva lejos.

—Afloje que las telenovelas no me gustan —lo interrumpió Zafe—. El quilombo con Weiss se soluciona. Si le digo que usted viene a darme una mano con los pendejos, por ahí afloja. Le gusta el marketing, y qué mejor marketing para ese club de mierda que un campeón del mundo entrenando a los pibes.

—No estoy hablando de eso, Zafe.

—Me parece que usted quiere correr una carrera para la que ya no le da el aire.

—Yo no soy el Monito. —Advirtió que acababa de subir la voz, alentado por la necesidad de hacerse valer, y que no era de guapo que iba conseguir algo, por eso volvió al susurro—. Yo fui lo mejor que usted tuvo.

—Será de Dios…

El rengo se levantó con una mueca de fastidio. Fue hasta el mostrador, agarró una cuchilla y volvió. Se sentó, apoyó la palma de la mano izquierda sobre la mesa y la abrió bien.

Primero picó con la cuchilla afuera del pulgar y después entre el meñique y el anular.

Afuera y entre el anular y el meñique.

Afuera y entre el anular y el medio.

Afuera y entre el medio y el índice.

Afuera y entre el índice y el pulgar.

Afuera y vuelta a empezar.

El metal iba y venía entre los espacios libres que dejaban los dedos. Arrancó lento, como midiendo los puntazos, y aceleró de a poco. Los viejos se acercaron a ver esa prueba de rapidez, precisión y temple. Rayo intentó conectar qué relación tenía eso con su pedido de ayuda, pero el ruido del acero lo perturbaba, lo distraía, y en un momento se encontró pensando qué iba a decir el dueño del bar cuando descubriera la mesa toda picada. De golpe, la cuchilla pellizcó la carne del dedo mayor. Sangre y un silencio súbito que marcó el fin del jueguito. El rengo sacó un pañuelo del bolsillo del pantalón y lo apretó contra la herida.

—¿Ve? Cuando yo tenía su edad, podía estar una hora haciendo esto sin lastimarme. Pero ahora no, ya no…

—La última oportunidad le pido. Si usted no me la da, no me la da nadie.

—No se engañe más, Rayo.

Zafe se paró y caminó lentamente hacia el baño. Ya no renqueaba tanto. Los viejos volvieron a su mesa. Uno agarró el mazo, empezó a mezclarlo, preguntó cómo iba el partido.

Rayo se sintió perdido, sin saber qué hacer. Y por no saber, barrió con la palma de la mano las virutas de madera que habían quedado arriba de la mesa, que desaparecieron comidas por la mugre del piso.

EL MEJOR

¿Será de Dios, Inés, que la pregunta se me abulonó acá? De día me olvido, siempre hay algo de qué preocuparse, viste, pero de noche, solo, me envuelve y no me deja dormir. Pará, pará, más *whisky* no, que es peor. Pienso: ¿Qué habría sido de mi vida sin él? Porque con él ya sé, es esto, una cicatriz blanda que se abre al primer guantazo, el espejo que te devuelve una cara de gil, justo yo, un gil, a vos te parece, Inés, pará, pará, dejame que siga que me hace bien. Te digo lo que me dijo una vez, apenas llegado, creo que fue cuando lo llevé a lo del Turco Ahmed a mostrarle la piecita donde iba a vivir. Le pregunté: ¿Y usted por qué vino acá? Acá era el club, viste, no lo del Turco Ahmed, y él, que era medio cerrado para hablar, bajó de la cabeza y dijo «por usted». Así, seco.

«Por usted».

«Y por qué yo».

«Porque es el mejor».

Y yo era el mejor, te lo firmo, vos lo sabés, un mejor sin suerte, porque salvo el Ganchito Gómez no había metido ningún campeón argentino, y el Ganchito duró lo que un pedo en una canasta porque tuvo la mala leche de ser *welter* en la época de Saldaño, La Cruz, Cachazú, Guilloti, mirá qué nenes te nombro, por eso lo hice subir a mediano, pero Ganchito ya no era el mismo, si no pegaba fuerte con 66 kilos, imaginate con 72, para colmo la mujer le metía los cuernos y eso le pudría la cabeza, ni viajar a Chascomús quería para no dejarla sola. Pero más allá de eso, todos sabían que yo era bueno y que mis pupilos eran guerreros y que les sacaba agua a las piedras si las piedras se dejaban retorcer. Entonces vino él y salió el sol: los dos éramos buenos, cada uno en lo suyo, viste, como dice el Martín Fierro, «cada lechón en su teta es la forma de mamar», ciencia y disciplina yo, polenta y coraje él, y te juro que pensé que nos íbamos a comer el mundo. Y no dudé ni cuando perdió con el Feo Sosa, aunque lo cagué a puteadas, «óigame, marica», le gritaba en el vestuario, «qué, lo asustó el Luna Park, la próxima le pongo pañales bajo la coquera, así no mancha el *ring*», pero yo sabía perfectamente que no había flaqueado ni por cobardía ni por nervios, había sido por la mina esa, la tal Patricia, que yo entonces pensaba que era la flaquita que labura con vos, esa de nombre raro, Fabiana no, Fabiola, sí, esa, Fabiola, pero no, resultó ser otra que le pudría la cabeza igual que la mujer a Ganchito Gómez. ¿Te conté alguna vez por qué le decíamos así a Gómez? Porque cuando ibas y le aconsejabas que se cuidara de un rival, el pelotudo se agrandaba y te decía: «A ese, un amague, un ganchito y a dormir».

Rayo era lo opuesto: cuando yo le planificaba la pelea, escuchaba callado como en misa. Después cumplía más o menos, porque en la calentura del *ring* terminaba palo y palo. El forro de Weiss dice que mi error fue haber aceptado la pelea en Cali pegada a la derrota con el Feo. Pero no, de ninguna manera me equivoqué. Vinieron a buscar a un pecho frío que sirviera de escalón y se encontraron con un molinete de trompadas. Le faltó esto nada más, esto, para ganar por nocaut. El Gallo Valdez terminó de pie porque lo habrá sostenido el viento, qué se yo. La cosa es que fuimos a las tarjetas y nos afanaron, veinte mil personas chiflando, imaginate, Inés, tan fuerte era que aturdía. Y él lloraba de la bronca, dos peleas perdidas al hilo, chau carrera. ¿Cómo no iba a hacerme el dormido esa noche para que saliera solo a distraerse? Que lo tendría que haber acompañado, sí, lo tendría que haber acompañado, pero yo ya era grande y lo único que quería era descansar para que se me fuera la bronca y la tristeza, porque estaba triste, como si se me hubiera muerto alguien, pero no lo podía demostrar. Bueno, esa noche parece que lo tentaron. Y al otro día vino con que quería dar una vuelta por la ciudad, bueno, vaya pero no tarde demasiado, y pasó una hora, dos, tres, y cuando ya me estaba poniendo loco, llamó: «Me voy a México, Zafe, vuelva solo, necesito empezar una nueva vida», y cortó. Yo me quedé con el teléfono en la mano y no me dio ni para putearlo.

Bueno, dale, serví un poco nada más, y a ver cuándo traés algo como la gente, no te digo un Johnnie negro, me conformo con un JB, que este me quema el estómago como si fuera ácido nítrico y para dolor ya tengo el de la cadera y el otro, el que me dejó ese hijo de puta, porque doler, duele, no sabés cuánto.

SANGRE

Volviendo del Bar España, compró una petaquita de ginebra Bols en un kiosco. La abrió, tomó un trago corto y se arrepintió. Quería emborracharse, pero no en la calle. Si lo mordían los fantasmas, mejor que fuera entre cuatro paredes y sin miradas indiscretas. Apuró el regreso a la pensión. La casa de Matilde estaba con las persianas levantadas pero a oscuras. La cumbia de Benavídez sonaba en libertad. Extraño a esa hora. Tuvo una idea siniestra: que Matilde hubiera intentado cumplir su amenaza de sacarlo del forro del culo y que el inquilino tropical, como antes el boliviano con el Turco Ahmed, la hubiera asesinado de una puñalada. El final perfecto para un extraño caso de mimetismo.

Matilde desconfiaba del tipo, se lo había dicho. Lo miraba mal porque no tenía horarios, se pasaba días enteros dentro de la pieza, hablaba poco. Llevaba en la pensión apenas unas semanas y había pagado hasta octubre por adelantado. Ella creía que podía ser un prófugo de la Justicia, tal vez un narco, y aun así lo trataba peor que a un perro, como si en el fondo intentara provocarlo para ponerlo en evidencia. Benavídez era largo y flaco. El pelo negro llovido sobre la cara triangular, los ojos chiquitos y huidizos. *Una culebra en el barro*, pensó Rayo, *una culebra traicionera al acecho*, y esa imagen lo inquietó, porque le otorgaba verosimilitud a la idea de Matilde asesinada.

Mejor no llenarse la cabeza con cosas raras, pensó, que bastante tenía con lo suyo. Entró a su habitación, se tiró en la cama y empezó a tomar del pico con sorbos breves, la ginebra filtrándose entre sus labios casi cerrados. Se le presentaron dos certezas: la primera, que si vaciaba la petaca iba a poder dormir tranquilo aunque la cumbia de Benavídez le reventara los tímpanos; la segunda, que una vez dormido encontraría la solución que se le negaba en la vigilia. Cada pieza del rompecabezas (Zafe, Vicente, Patricia, Matilde) se ubicaría sola en el lugar justo y, desde afuera o, mejor dicho, desde el adentro más profundo, él contemplaría la respuesta que clausuraría todas sus preguntas. Fue un consuelo, una caricia ardiente, la idea de la ginebra como un atajo del destino.

Cuando ya se había acostumbrado al *chingui-chingui* y casi ni lo escuchaba, la música se detuvo y todo pareció cambiar para peor: el silencio se volvió una vibración molesta, el pico de la petaca lo agredía con un olor agrio que le revolvía las tripas. No quería vomitar ahí. Se levantó, salió al patio, fue al baño. Los pies, como si se hundieran en algodón. La noche, más negra que nunca. Abrió la puerta, prendió la luz. Un charco rojo en el piso. Enorme, viscoso. Manchas en el bidet. Huellas de alguien que había resbalado.

La cumbia regresó con todo y le arrancó el malestar de un tirón. El aturdimiento del alcohol fue desplazado por un espacio de lucidez perfecta y, por eso, insólita. *La vida en círculos*, pensó, *la vida en círculos que no solo me afecta a mí.*

Corrió hasta la pieza de Benavídez. Golpeó. No hubo respuesta. Dio un paso atrás para tomar envión y le pegó una patada a la puerta, que se abrió, rebotó contra la pared y volvió con violencia. La atajó con un brazo y entró hecho una furia.

—¡Qué carajo le hiciste, la puta madre! —gritó, mientras empujaba a un Benavídez sorprendido y mudo.

El otro chocó con una silla, perdió el equilibrio y se fue al suelo. Los ojitos dilatados. El rostro apenas descompuesto, como si todas las facciones se le hubieran desplazado un milímetro de su lugar original. Se impulsó con las manos y los pies hacia atrás para poner distancia: era una culebra que huía panza arriba y ligerito.

—¡La mataste, hijo de puta! ¡Decime si la mataste!

Rayo levantó la silla y se la tiró. Benavídez se retorció para esconder la cabeza, se cubrió con un brazo, la silla le pasó cerca. Gateó hasta el otro lado de la cama, se metió debajo un segundo. Cuando asomó, tenía una pistola cromada en la mano.

—Pará, la concha de tu madre, o te cago a corchazos —dijo, y su cara desencajada empezó a recuperarse.

—La sangre del baño.

—La rubiecita de la pieza de al lado. Se descompuso. Quiso abortar con una aguja de tejer. Matilde la llevó al hospital.

Rayo retrocedió muy despacio sin dejar de mirar la boca de la pistola. Se sintió estúpido. Cerró la puerta de la habitación. Quedó solo en el patio apenas iluminado por la luz lánguida del baño. Abrió la baulera en la que Matilde guardaba los enseres de limpieza. Sacó un balde, un trapo de piso, el secador, una botella de lavandina. Se puso a lavar la mancha de sangre a baldazos. El agua la desteñía, la ablandaba, la decoloraba.

El agua limpia, se dijo, *el agua limpia todo*.

SEÑAS

Fue al baño, se lavó la herida del dedo con agua y jabón. Cuando salió, Rayo ya se había ido. Uno de los viejos le dijo que se pusiera azúcar. Se tiró un sobrecito entero sobre el corte y luego se anudó fuerte el pañuelo. Se sentó a jugar el último tramo del partido por obligación, porque no estaba bien visto abandonar cuando había plata de por medio y solo faltaban unos porotos para definir el ganador.

La mente se le había ido a un lugar muy lejano, como si le hubieran encajado una mano de nocaut y solo por acto reflejo se mantuviera de pie. Se sirvió una copita de Legui, la tomó de un saque para despabilarse y reanudó el juego con más ganas de que terminara rápido que de ganar.

Quiso un real envido con veintisiete y lo perdió. Después jugó mal una mano en la que había ligado un tres de copas y el ancho de bastos —tuvo la audacia de dejar pasar la primera—, y lo cagaron en el vale cuatro con el as de espadas. La derrota era toda suya. Su compañero no le reprochó nada. Tampoco aceptó que él pagara la guita de los dos. Zafe agradeció el gesto haciéndose cargo de las consumiciones de todos.

Decidió pasar por la casa del Facha Weiss, que vivía a dos calles de ahí. Era un chalet de ladrillos a la vista y tejas azules que parecía sacado de otro paisaje más próspero. Iría a ver cómo estaba. Correspondía. Además, quería medir si lo ocurrido esa mañana no se le venía en contra. Weiss era retorcido: ¿y si lo culpaba de haber dejado entrar a Rayo al club sin su permiso?

Tocó el timbre. Atendió Rosamaría, una de las dos mujeres que vivían con el Facha, la más joven. En teoría, su cuñada, pero la mitología del vecindario contaba otra historia: Weiss se había puesto de novio con la hermana mayor, Anamaría, le dio largas a la relación, y entre tanto la pequeña Rosamaría se convirtió en una muchachita de belleza desbordante que también le capturó el corazón. El tipo no podía cambiar de monta sin provocar un escándalo y al final, cuando iba a decidirse por una, acaso la menor, se topó con una solución inesperada: Anamaría le confesó que ella no tenía problemas en compartir hombre con su hermanita. Así fue que se quedó con las dos sin casarse con ninguna.

Rosamaría, que ya no era joven pero que conservaba algunos de sus antiguos esplendores, recibió a Zafe en la puerta como si se tratara de un vendedor de biblias. Le dijo que su cuñado estaba bien; dolorido, pero bien, que ahora descansaba, le agradeció la visita y lo despachó con seca velocidad.

Zafe se alejó despacio sin saber qué pensar. El trato que le había dado la mujer no era una buena señal. ¿Y si Weiss lo echaba a la mierda del club? ¿Qué sería de su vida sin nada que hacer? ¿Quién habría de darle una mano a esa edad, cuando no era más que un viejo con el *ticket* marcado?

Estaba llegando a la esquina cuando vio que una camioneta plateada último modelo disminuía la velocidad, se acercaba al cordón y le hacía señas con las luces.

RESACA

Pum, pum, pum.

Los golpes se le metían en el sueño y él no quería salir. Adentro de la burbuja estaba bien, tibio y vacío, mucho mejor que afuera, de donde llegaban los golpes, pum, pum, pum, y esa claridad que penetraba sus ojos cerrados, y la voz de Matilde, llamándolo.

—Dale, Rayo, levantate que es mediodía casi... Dale, vago de mierda, arriba.

Se sentó en la cama. Apoyó las dos manos en el colchón y se dio impulso para levantarse. Cuatro pasos temblorosos. Abrió la puerta y volvió a la cama, rápido, ahora sí, como si las sábanas estuvieran imantadas. Se tiró boca arriba y se cubrió los ojos con un brazo.

—¿Qué pasó que no fuiste a entrenar? ¿Hablaste o no hablaste con Zafe? —lo apuró Matilde.

Rayo le contó lo ocurrido en el Bar España con palabras a las que les costaba vencer la resaca, que por momentos sonaban a gemidos o lamentos, que nunca terminaban de encontrar su forma y que, una vez en el aire, contrahechas y oscuras, se desvanecían como si no pudieran durar demasiado fuera de su boca.

—Dale, levantate. No aflojés, insistí, haceme caso, que el viejo está en oferta. Te la hace difícil para que sufras un poquito, nada más, porque si no te quisiera, te habría echado el primer día. —De un manotazo le sacó el brazo de la cara—. Levantate, te digo, la puta que te parió. Te vestís y te vas al club. Lo agarrás a Zafe y le decís: «Seis meses, tres peleas y, si no funciona, no rompo más las bolas». Pero basta de llorar por la conchudita de tu pueblo o por el mexicano o por todas las cagadas que te mandaste en la vida.

Matilde lo obligó a salir de la cama, lo llevó hasta el baño, lo metió bajo la ducha. Y mientras lo ayudaba a enjabonarse, aprovechó para contarle lo del aborto de la rubiecita.

—Está grave. En el Penna. No fue mi culpa. Se lo quiso sacar porque el hijo no era del novio. Parece que la había violado el dueño de la lencería donde trabaja. Mirá qué flor de hijo de puta. Ella no lo denunció por miedo a que él contara otra historia y quedara como una putita. Pero el miedo mayor era que se enterara el novio y fuera por venganza. Así son los machitos, ¿viste? Y nosotras siempre en el medio, humilladas, forzadas a abrir las piernas, recibiendo los bifes, desangrándonos en una cama roñosa… A propósito, ¿vos lavaste el baño?

—Sí.

—Me imaginaba. Porque ese turro de Benavídez es incapaz de cualquier cosa.

—Shhh. Hablá bajo.

—En mi casa hablo como quiero. Además, se fue temprano hoy.

—Anda armado.

—¿Cómo sabés?

—Lo vi.

—Te dije que estaba metido en cosas raras.

Ella no se le despegó de al lado. Vigiló que se secara y se cambiara. Lo acompañó hasta la calle, le puso unos billetes en el bolsillo y lo despidió con un beso en la boca. Olía a colonia y a mujer buena. Un poco por no defraudarla, un poco porque sus pies ya hacían solos el camino, fue al club. Tuvo miedo de entrar y de toparse con el Facha Weiss, que a esa hora podía estar tomando un vermut en el bar. Si el tipo seguía con la sangre en el ojo, era capaz de hacerlo sacar por cuatro o cinco o de llamar a la policía. Lo que lo atemorizaba, en verdad, no era la reacción de Weiss sino la suya propia, y que todo se pudriera de nuevo. Se quedó en la puerta un rato. Tenía modorra y hambre.

Una voz interior le decía que debía irse de ahí, que debía irse lejos, *basta ya de rebajarse, que si no te quieren, no te quieren y la puta que los parió*. Una voz como la que a él casi nunca le salía y que chocaba contra la orden de Matilde, *insistí, no bajés los brazos, basta de llorar*, como si la solución de su problema pasara por él y no por los demás. En eso vio al Monito Galarza con el bolso al hombro. Le preguntó por el rengo Zafe. El Monito le respondió al paso, sin detenerse, que lo había visto irse con Weiss.

Ya no tenía sentido quedarse. Caminó hasta una parrillita que estaba pasando la estación de tren. Pidió un choripán con un vaso de vino blanco. Qué hacer el resto del día. Volver a la pensión ni loco, porque lo que menos quería era escuchar los reproches de Matilde y terminar garchándosela para callarla un rato.

Iba a quedarse sentado a ese mostrador mugroso, viendo transcurrir las horas con un vaso de vino en la mano hasta ponerse bien en pedo, hasta que la tristeza le saliera de adentro y pudiera llorar sin pudores con la excusa de la borrachera.

—Oiga, a usted lo conozco…

El parrillero lo miraba con las cejas arqueadas. Si antes estaba pasando un trapo rejilla al mostrador, ya no lo hacía. Rayo encogió los hombros y le clavó un mordisco al choripán.

—Mire que yo veo una cara y no me la olvido más —insistió el tipo.

—Será del barrio.

—No, lo conozco de otro lado, digo. Como si lo hubiese visto en los diarios, en la televisión…

—No, no.

—Sí, Rayo, el boxeador… —Y le dio la espalda para acomodar los chorizos en la parrilla.

Sintió la necesidad de terminar la frase del tipo.

—Campeón del mundo.

—Cierto, hace una punta de años. Una máquina de tirar piñas y con unos huevos así. —Cuando terminó de apilar los chorizos ya hechos en un costado y de desplegar los crudos en el centro, volvió hacia él—. ¿Le gusta el boxeo a usted?

—De pibe boxeaba.

—Se nota por la forma de la nariz. Habrá sido por eso que me confundí. Usted tiene un aire a Rayo, ¿sabe? Igual, qué boludo yo, un campeón acá...

El tipo acababa de darle sin querer una extraordinaria definición de su problema: no se trataba de parecerse al que había sido, sino de volver a serlo. Contra el tiempo implacable, contra su propia historia, contra la desconfianza de los demás. Matilde tenía razón. Si no quería terminar hecho una sombra, debía dejar de arrastrarse como niebla de campo y hacer algo. Y entonces se acordó de la mentira que le había dicho a Vicente el día anterior para sacárselo de encima: que iba a ver a un periodista. Sí, por qué no. Nunca se le había ocurrido. Los periodistas hacían barullo, movían el avispero. Un mal necesario para el negocio.

Gugliotti o Gigliotti, un amigo de Zafe.

No se acordaba bien del nombre, pero sí de su fama. Casi dos metros de alto, gordura blanda, lampiño, cara de perro cagado a patadas en el culo, manos como guantes inflados. Transpiraba mucho y tenía aliento a leche cortada. Un obsesivo de las estadísticas. Se la pasaba todo el santo día en la Federación de Box actualizando récords. Un tipo respetado y de consulta permanente, aunque se comentaba que era puto y que los negritos tragabollos se lo garchaban a cambio de que les mejorara las campañas con un par de triunfos inventados.

Gugliotti o Gigliotti.

Por más que exprimía la memoria, no podía sacarse la duda. Fue en colectivo a la Federación, y en la puerta se jugó y preguntó por Gugliotti. Le dijeron que debía de estar en Tuñín. Siguió hasta la pizzería y lo vio sentado a una mesa para cuatro personas, solo, frente a una porción doble de flan con dulce de leche y crema, los restos de una pizza grande y dos botellas de Coca-Cola vacías. Se le paró al lado.

—¿Gugliotti?

—Gigliotti —le respondió con la boca llena, los labios manchados de dulce, los dedos pringosos. La voz era suave, coincidía con la del recuerdo.

—Soy Juan Rayo.

El gordo abrió los ojos como si se le hubiera presentado el Papa en persona y le hizo un gesto para invitarlo a sentarse, mientras se chupaba los dedos y se los secaba con servilletitas de papel que iba amontonando en la pizzera.

—Juan Rayo, la Tromba del Sur —soltó por fin—. Pasaron años... Te hacía afuera. ¿Querés comer algo? Pedí, pedí...

Rayo se limitó a aceptar un café.

—Bueno, contame qué hacés por acá —dijo Gigliotti mientras cargaba otra cucharada de flan.

—Viendo amigos.

—Pensé que ya no te quedaba ninguno. —La ironía le salió filosa sin que se le moviera un músculo de la cara.

—No crea. Me estoy entrenando con Zafe.

—Será que el rengo se volvió viejo y perdió la memoria.

—No. Lo que pasa es que conmigo todavía puede hacer guita grande.

Gigliotti engulló medio flan de un saque y asintió con la cabeza como si le estuviera dando la razón. Pero Rayo no se engañaba: lo único que el gordo hacía era una pausa para tragar; luego iba a empezar de nuevo con sus cruces zumbones. Aprovechó el intervalo y tomó un sorbo de café. Gigliotti tragó, por fin, volvió a chuparse los dedos y a secarse con servilletitas.

—Hace rato que no peleás.

—Un año.

—¿Un año? Imposible, me acordaría. —Se llevó un dedo a la sien—. Acá tengo una computadora.

—Las computadoras también fallan.

—¿Y dónde fue?

—En Ecuador, perdí por puntos.

—Habrás peleado con el nombre cambiado.

—No entiendo.

—Vamos, querido. ¿Te creés que las noticias no llegan acá? Hermosilla en cana, Harris no pudo pelear más, Dávila tampoco... Y vos estabas en el medio de esa runfla.

Rayo advirtió en ese instante, como si un foco del cielo lo hubiera iluminado, que su presencia ahí no tenía demasiado sentido. Que el único ruido que podía hacer Gigliotti era el de su garganta pujando mazacotes de comida. Levantó una mano y llamó al mozo, mientras que con la otra amagaba sacar algo de un bolsillo del pantalón. El mozo miró a Gigliotti y se quedó clavado en su lugar.

—Olvidate —dijo el gordo—. Esta pizzería es como mi casa, y en mi casa pago yo. Ahora terminala y contame la verdad. Si me viniste a ver es por algo.

—Quiero volver a pelear. Pero ando medio perdido…

—¿Licencia?

—Vencida.

—Va a estar jodido.

—Si tenía que pagar algo, ya lo pagué. Pasó mucho tiempo.

Gigliotti metió la mano en un bolso de cuero marrón que colgaba del respaldo de su silla y sacó una billetera toda aplastada. La abrió y, tras mucho buscar, encontró una tarjeta.

—Llamame mañana o pasado. Yo voy a sondear a los capos de la Federación. Gente amiga, que me escucha.

Rayo agarró la tarjeta, se paró, estrechó la mano blanda del otro y agradeció dos veces con la voz ahogada.

—A mí no me digas gracias —lo frenó Gigliotti—. Si esto sale bien, me vas a deber una. Y yo las deudas las cobro siempre, querido. Acordate.

LEY

Cuando volvió ya era de noche. Se le había ido el día caminando a la deriva y tratando de domar los malos pensamientos, los de siempre y los nuevos, porque ahora se le había sumado el de la deuda con Gigliotti. Matilde lo atajó en el pasillo.

—Ey, Juan, pará, pará… —Hablaba desde la puerta con murmullos de conspiradora—. ¿Dónde carajo te metiste?

—Anduve por ahí.

—Bueno, vení que te está esperando Zafe.

—¿Para qué?

—Vos vení.

Matilde recobró el tono normal de su voz una vez que lo hizo pasar. Dijo «aquí llegó el campeón», y corrió una silla para que Rayo se sentara frente a Zafe. Los dos hombres se ladraron un saludo seco y permanecieron callados. La mujer se puso a revolotear como un colibrí gigante por toda la cocina. De espaldas, porque debía terminar de preparar la cena y eso implicaba operar los últimos detalles de cara a la mesada y el horno. El culo adecentado por la piedad de un *jean* a punto de explotar. Los pechos gigantes ocultos por una camisa holgada y un delantal amarillo con lunares rojos.

Mientras se movía de aquí para allá, acaso para llenar el vacío de palabras que separaba a los dos hombres, contó el parte de novedades de la pensión. La rubiecita estaba mejor, iba a salir a flote, pero los médicos ya le habían adelantado que difícilmente pudiera quedar embarazada de nuevo, lo que no dejaba de ser, para ella al menos, un diagnóstico tranquilizador. Benavídez se había despedido esa misma tarde. «Gracias por todo, doña, y chau: ni siquiera reclamó el dinero de los días que ya tenía pagos, aunque ni loca se lo iba a devolver». Ahora el problema pasaba por encontrar un nuevo inquilino, alguien tranquilo, con trabajo, serio…

Rayo tomaba vino cortado con soda, solo por hacer algo. No quería mostrarse ansioso ni esperanzado, por eso ni miraba a Zafe, que estaba ensimismado en la tarea de alisar con caricias suaves los pliegues del mantel. Cuando el rengo aplastaba una arruga, creaba otra más allá, en lo que parecía una labor inútil, infinita y triste. Rayo entendió que la presencia del viejo maestro en la casa de Matilde solo podía obedecer a que tenía algo importante que decir. Si aún no lo había dicho, tal vez fuera porque no se animaba a soltarlo así nomás, ya que, en algún punto, la noticia implicaba un cambio trascendente que debía ser explicado con argumentos y paciencia.

—A ver, a ver, háganme lugarcito… —Matilde sostenía con dos manoplas una asadera de vidrio.

Zafe reaccionó como si hubiera salido bruscamente de una ensoñación. Miró para todos lados, se puso rápido de pie, apartó con movimientos atropellados la botella de vino, el sifón, la panera, y dejó libre el centro de la mesa.

—Juan, agarrá del cajón de los cubiertos un individual de esterilla, cualquiera, el primero que veas —dijo Matilde—. La fuente está que hierve y no quiero estropear la mesa. Dale, boludo, rápido, que no tengo todo el día...

Rayo se apuró a cumplir la orden, trajo el individual de esterilla y lo colocó donde ella indicaba.

—El mejor asado al horno de la Argentina —dijo Matilde, quien tras apoyar la fuente, se sacó las manoplas y se puso cortar la carne.

Primero le sirvió a Zafe: tres rodajas, papas y batatas, todo regado con el jugo aceitoso del fondo y un picadillo de cebollas y pimientos. Cuando estaba por hacer lo mismo con Rayo, el rengo la frenó en seco.

—A él, carne sola. Ni papa ni batata, que hincha. Y nada de ese jugo, que es grasa pura.

Matilde asintió casi con alegría y, cuando le pasó el plato a Rayo, le guiñó un ojo. Cenaron en un silencio hecho de expectativa, de palabras inminentes. Rayo tenía la cabeza anestesiada. No se sentía así desde el debut en el Luna Park. Aquella vez, después de mucho batallar, Zafe había conseguido que lo programaran en el semifondo de una pelea de Ballas. Iba a ir contra el Feo Sosa, un mendocino de buen estilo y pegada de mantequita. Entusiasmado, Rayo le escribió a Patricia para que lo fuera a ver y le dejó una entrada en la boletería. Antes de salir al *ring* preguntó si alguien la había retirado. Le dijeron que sí, que peleara tranquilo, que esa sería su noche de gloria. Y para impresionarla, para demostrarle que el futuro de sus puños justificaba una segunda oportunidad de abandonar el pueblo y jugarse por él, salió como un toro ciego a buscar el nocaut. Sin pensar. O sin pensar en otra cosa que no fueran los ojos de Patricia mirándolo. El Feo Sosa, con un *jab* inofensivo pero persistente y amparándose en sus pasitos escurridizos, lo volvió loco. Se iba siempre un segundo antes de que él llegara. Y antes de fugarse, *pim*, una derecha blanda que le rebotaba en la frente y le hacía bailar el pelo. Perdió por puntos. La primera derrota, y justo en el Luna. Zafe lo cagó a puteadas en el vestuario. Nunca supo si Patricia había ido.

—¿Quieren que les sirva el café en la salita mientras yo me quedo acá lavando los platos?

Matilde era inteligente. Debía de intuir que Zafe jamás hablaría delante de ella y buscaba una excusa para salir de escena. Los dos hombres dejaron la cocina y se sentaron frente a frente en unos sillones floreados. Matilde trajo una bandeja con dos pocillos de café y dos copitas de anís. La dejó en la mesita ratona que estaba entre los sillones, volvió a la cocina y cerró la puerta.

—Café no, que me quita el sueño —dijo Zafe para sí; agarró la copita de anís y la secó de un trago—. Usted, desde mañana, doble turno. Y dieta estricta. Tiene que bajar al menos a *welter*, porque a liviano nunca más. Su cuerpo absorbió todo como una esponja y se acostumbró a los kilos. De la licencia, despreocúpese. La va a tener igual sin cogerse a Gigliotti.

—¿Cómo se enteró?

—Me llamó esta tarde. Quería saber si era cierto que usted había vuelto conmigo o si era otra de sus cagadas. Ir a ver a ese tipo… ¡a quién se le ocurre! ¿O se cree que le iba a dar una mano gratis? ¿Tan bajo estaba dispuesto a caer?

—Qué quiere… no sabía para dónde disparar. —Rayo amagó con acercarse a la bandeja y Zafe lo frenó.

—No. Ni café ni licor ni vino con soda ni un carajo. Agüita mineral todo el día. Tiene que depurar el organismo.

—¿Habló con Weiss?

—Sí, hoy al mediodía. Le dije que usted en persona le va a pedir disculpas y que le garantiza el diez por ciento de las bolsas de las primeras tres peleas. Por la guita baila el mono. —Hizo una pausa y lo miró fijo a los ojos—. Por la guita bailamos todos, ¿sabe, Rayo? Yo ya no puedo juntar la lluvia en cucharitas. No tengo tiempo. Ya no aguanto más los dolores de cadera. Me han dicho que me tengo que operar, pero no quiero que los carniceros del Penna me dejen finado antes de hora. Voy a ir a una clínica privada del centro. Necesito veinte lucas. Veinte lucas que usted va a conseguir ahora, a cuenta de las futuras ganancias. Me da la plata y lo pasado, pisado.

—Si no tengo ni para la cuota del club, Zafe.

—Pídale a Matilde, saque un crédito, robe un banco. Pero hágalo, y que sea pronto. Si no, mañana ni venga al club. A esta altura del partido no estoy para la caridad. —Se puso de pie y se desperezó como si acabara de despertarse de una siesta—. ¡Chau, Matilde! ¡Muy rico todo!

La mujer se asomó por la puerta de la cocina.

—¿Ya se va? ¿No quiere otra copita de anís?

—Gracias, patrona, pero el día ha sido largo y si sigo tomando voy a terminar durmiéndome acá.

—¿A qué hora mañana? —Rayo casi que se lo gritó cuando se dio cuenta de que se le estaba esfumando el futuro.

—A las ocho —respondió Zafe.

—A las ocho, entonces.

Lo pasado, pisado, pensó Rayo. La nueva ley que empezaba a regir su vida.

ZIGZAG

Le dolía todo, y eso era lo bueno. El cuerpo entero se quejaba como si lo hubiesen cagado a bastonazos. Los hombros y las rodillas, más que nada. El rengo Zafe no se le había separado ni un minuto. Órdenes secas, amenazas casi. Sus ojos clavados en cada movimiento, alertas a la menor desviación para corregirla con un insulto o una cachetada. Rayo y Zafe, juntos de nuevo, con la mística de los viejos tiempos.

Se reía de solo recordar al Monito Galarza pispiando desde el otro lado del gimnasio, hecho un volcán de envidia. Si hasta le habían dado ganas de equivocarse a propósito para que el rengo lo puteara delante de todos y los demás vieran quién era el que más valía, el dueño del futuro, el único merecedor de la preocupación del viejo maestro.

El dolor era lo bueno, pero lo malo era estar ahí, sentado en el *lobby* del Sheraton, apoltronado en un sillón demasiado mullido. Iba a rebajarse ante el amigo traidor, a aceptar las condiciones de un acuerdo que olía mal. Había decidido apartarse una vez más de la línea recta con la ilusión de que la retomaría más adelante, en cuanto resolviera los problemas inmediatos. *En zigzag también se avanza*, pensó.

No solo se trataba de cerrar un trato con Vicente. También, de enfrentar su historia con él. Sapos de pozos distintos que, por alguna razón extraña, habían quedado unidos por un vínculo que aún persistía. Vicente era hijo de Augusto Narducci, el abogado de la gente fuerte de Villa Luppi, alguien que siempre se había movido detrás de los decorados del poder como un titiritero. Juan Rayo, en cambio, era el hijo sin padre de la sirvienta, una chinita modosa a la que don Augusto trataba con un cariño particular.

Si existía un rasgo que diferenciaba a Rayo de Vicente no era la condición social, porque en un pueblo tan chico tarde o temprano todos terminaban mezclándose, si no en la escuela, en el club, o en los bares, o en los puteríos de la ruta. Ellos, además, tenían la misma edad y habían compartido horas de juego y estudio en la casa de los Narducci, adonde su madre lo llevaba con la venia del doctor. La diferencia radicaba en el temperamento. Rayo era un chico hosco, que vivía replegado en el silencio y en la mirada esquiva como una forma de defensa, pero que cuando se sentía amenazado explotaba en una furia tan devastadora que daba miedo. El otro, en cambio, vivía hacia afuera, locuaz, alegre, amable, y no necesitaba ocultar su mirada porque sus ojos jamás dejaban traslucir lo que llevaba adentro. Tampoco necesitaba explotar, porque nunca se sentía amenazado por nada.

—Dale campeón, dale campeón...

Vicente salió del ascensor cantando. El brazo derecho levantado, la mano cortando el aire. Atraía la mirada de todos y eso, seguramente, le importaba poco. Al contrario, debía de estar feliz porque le encantaba ser el centro del Universo.

—Dale, Juancito, vení, vamos a mi habitación para conversar tranquilos.

En el ascensor le pidió perdón por la demora.

—Me traje de un cabaret de Recoleta a una minita preciosa. Estuve garchando hasta la madrugada y me dormí a cualquier hora. Si no era por vos, seguía hasta la tarde.

En el camino se puso a pasar lista por los personajes clásicos de la historia de Villa Luppi.

—¿Te acordás de Montaner? Se fundió, me querés creer, con la guita que tenía ese hijo de puta. Entre las inundaciones y el juego se quedó sin nada. A mí me vino a ver hace poco. Quiere que le gestione un crédito blando del Banco Provincia no sé para qué. Le dije que sí, que iba a hacer lo humanamente posible, pero ni en pedo le consigo nada. Cuando murió mi viejo, yo lo sé muy bien porque mamá me lo contó llorando, ese turro nos cagó con media docena de documentos, así que si espera una mano de mí, está frito. ¿Y la señorita Emilse, la maestra de cuarto? ¡Se casó, pelotudo, a los sesenta! Enganchó a un viudo medio enfermo de otro pueblo y *zácate*, gol de la solterona. No te imaginás la fiesta que hizo...

Quinto piso. Habitación 501. Un televisor encendido y a todo volumen. Una pendeja desnuda miraba dibujitos animados tirada en la cama, mientras tomaba Coca-Cola de una lata.

—Romi, vení, saludá a Juancito.

La pendeja se levantó de un salto y se les acercó corriendo en puntas de pie. Tenía tetas chiquitas y puntiagudas que apenas se le movían. Besó a Rayo en la comisura de los labios y tirándole el cuerpo encima. Vicente la abrazó, le habló en secreto al oído, le palmeó el culo. Romi regresó a la cama, buscó el control remoto entre las sábanas revueltas y apagó el televisor. Después, se encerró en el baño.

—Ahora sí —dijo Vicente, y abrió el placar, hurgó en su interior, sacó un fajo de billetes y lo tiró arriba de la cama—. Cinco lucas. El resto te lo doy cuando termine la pelea.

—Quiero veinte. Ahora.

—¿Qué? ¿Desayunaste con grapa vos? Veinte lucas es una fortuna. ¿A vos te parece que puedo andar con tanta plata encima? Me parece que te confundiste o alguien te la vendió cambiada: te aclaro, por las dudas, que yo no soy Rockefeller.

—Veinte.

—No. Si te doy la plata ahora, al *ring* voy a terminar subiendo yo, porque a vos no te voy a ver nunca más. Conozco tu historia. Para decirlo sin ofender, no sos alguien en quien confiar con los ojos cerrados.

—Andá a la puta que te parió.

—Puedo ir a donde quieras, pero es verdad y lo sabés.

—Esta vez es distinto. Te doy mi palabra.

—Dejate de joder, Juancito, si adelantándote cinco ya estoy corriendo un riesgo bárbaro.

—Entonces, diez ahora y diez después.

—Pero eso sigue siendo veinte. ¿Te volviste loco? Por cinco luquitas, cinco luquitas en todo concepto, eh, me llevo al Tapir Oviedo. Hablé ayer con él. Está tan entusiasmado que es capaz de ir a Villa Luppi de rodillas.

—Por algo me ofreciste el doble.

—Porque vos me servís más, eso está clarísimo. Y también porque quiero tirarte una soga. ¿O te creés que no me di cuenta de que no tenés dónde caerte muerto?

—Cerrá el orto, pelotudo, o te lo cierro de una piña.

—Tranquilo, Juancito, tranquilo.

—Diez ahora, diez después. Última oferta.

—¿Es necesario que lleguemos a esto?

—No la hagas más larga porque me voy a la mierda.

Vicente se quedó duro unos segundos, el ceño fruncido, la vista clavada al piso como un comediante que olvidó la letra y la vacilación lo avergüenza.

—Me encomiendo a Dios —dijo, por fin, y volvió al placar, sacó otro fajo de billetes igual al anterior y lo tiró sobre la cama—. Andá ahora a la estación de Retiro y comprá un pasaje para el 25 de octubre a la mañana, que la pelea es el 26. No a Villa Luppi. A Santa Catalina. En la estación de servicio de la ruta te va estar esperando un hombre mío. Hace todo lo que él te diga porque es para bien del negocio. Por el regreso no te preocupés, que yo me encargo. El domingo 27 a la tarde vas a estar en Buenos Aires con los bolsillos llenos.

—Lo voy a llevar al rengo Zafe.

—No. Vas a ir solo. Esto no es boxeo, es otra cosa. Una exhibición, un *show*, como Titanes en el Ring pero con guantes. Diez *rounds*, acordate, contra un novato. Zafe es un viejo anclado en otra época. Va a echar todo a perder.

La pendeja salió del baño. El pelo mojado, el cuerpo cubierto por una toalla anudada al pecho.

—¿Festejamos? —preguntó con voz de colegiala. Soltó la toalla y se tiró a los brazos de Rayo.

BOBBY

Mientras espera el fin, su cuerpo hecho un despojo de sangre negra, a Rayo le viene un recuerdo antiguo, de los diez u once años. Al pibe le decían el Bobby, y no porque se llamara Roberto, sino porque tenía cara de bobo. Ojos muy saltones y la lengua demasiado ancha y larga, una espátula de carne llena de poros que no le dejaba cerrar bien la boca y a la que masticaba todo el día. Tampoco le sobraban las luces, y el conjunto daba como resultado el idiota justo para tomar de punto. Bromas inocentes, la mayoría: untarle con mierda el manubrio de la bicicleta, hacerle tomar un vaso de pis con la mentira de que era una gaseosa nueva. Muchas eran ideas de Vicente, a quien la crueldad le salía tan fácil como la sonrisa compradora.

Una tarde de primavera se fueron los tres a pescar a la laguna. Se acomodaron en la cabecera de un muelle angosto. Rayo nunca supo muy bien qué pasó, porque justo estaba concentrado encarnando, pero de pronto escuchó un ruido y vio al Bobby chapaleando en el agua con torpeza. No hacía pie ni sabía nadar. Los ojos más saltones que nunca y la boca tragando y escupiendo el caldo marrón.

Rayo quiso tirarse para rescatarlo y Vicente lo frenó. «Quedate, que acá es muy profundo y te chupan las correntadas», dijo sin mostrar el menor sentimiento de alarma o susto. Todo él opaco como sus ojos, vuelto piedra, materia insensible al espanto, a la compasión. El Bobby intentaba mantenerse a flote y bracear hasta los pilares del muelle, pero algo poderoso lo arrastraba hacia el fondo. Se revolvía torpemente, se desgastaba en una lucha inútil. Se hundía y le costaba salir. No pedía ayuda más que con su mirada de pibe desesperado. Y su silencio era peor que cualquier cosa. Encerraba algún tipo de dignidad, como si su mente idiota hubiera comprendido que jamás iba a recibir auxilio, que había sido dado en sacrificio por los pibes que se reían de su lengua porosa. En una ya no salió, y lo último que vieron del Bobby fue un bullir de burbujas en la superficie. Recién entonces, cuando tuvo la certeza de lo definitivo, Vicente se metió al agua y le dijo a Rayo que hiciera lo mismo, con el cuidado de agarrarse bien de los pilares del muelle. Salieron empapados y volvieron al pueblo.

Vicente se encargó de la mentira: habló de un tropiezo del Bobby, del rescate fallido, de cómo casi también se ahogan ellos por sacarlo. Nadie dudó, ¿quién se animaría a cuestionar al hijo del mejor abogado del pueblo? Si hasta hubo un acto en el colegio para recordar al chico muerto y la señorita Emilse emocionó a todos hablando de la valentía de los dos amigos que se habían jugado la vida por salvarlo, aun sabiendo lo profunda y peligrosa que era esa parte de la laguna.

Rayo no dijo una sola palabra ni se la pidieron. No hacía falta. Solo le preguntó algo su madre, una noche, cuando él salió de una pesadilla con un alarido. «¿Hay algo que me tengas que contar, algo del accidente de ese nene?», lo interrogó mientras le acariciaba el pelo. «No», dijo él, «nada», y cerró la mentira a cal y canto.

TEMPLANZA

Zafe contó la plata, billete por billete, con el índice derecho mojado en saliva y la mirada atenta al error o al embuste. A Rayo le hubiera gustado que embolsara el fajo directamente, a ciegas, como un gesto de confianza en su palabra. Pero en el fondo lo entendía. El boxeo, la vida misma quizás, es como un campo minado: cada paso puede ser el fin, y la inocencia se pierde pronto. El único antídoto contra la astucia de los tahúres es creer que en todo ser humano, como parte de su esencia, existe el latir de la trampa. «Diez lucas», le había dicho Rayo, y Zafe las contó igual porque ni en esa etapa nueva, en la que se insinuaba el perdón, parecía resuelto a bajar la guardia.

—Faltan otras diez —dijo el rengo al terminar, una invitación a que Rayo repitiera lo que ya había dicho antes, entre titubeos, apenas se encerraron en la oficina para que nadie viera el pase de manos de la plata.

—Lo que falta se lo traigo sin falta el 27 de octubre.

—¿Casi un mes tengo que esperar?

—Me hubiera gustado antes.

—¿Y de dónde va a sacar la guita, si se puede saber?

—Me invitaron al centenario de Villa Luppi. Soy la estrella. Me van a pagar.

—¿Y por qué le pagarían, eh?

—Por hacer presencia y firmar autógrafos —mintió Rayo.

Zafe guardó la plata en el bolsillo del pantalón. Había un silencio de muerte, como si afuera la humanidad se hubiera extinguido por una peste y solo quedaran ellos dos, aislados de la catástrofe en ese cuartucho que apestaba a humedad y a cuero podrido. El plafón estaba sucio y soltaba a desgano una luz amarillenta que coloreaba de sepia lo que ellos representaban: más pasado que futuro, más deuda que crédito. El sacramento de absolución de los pecados en pausa porque faltaban todavía diez lucas.

Rayo tuvo el impulso de contarle toda la verdad. Que el rengo supiera, para ganar su corazón de una buena vez, que antes de iniciar el camino franco a la redención todavía le quedaba una pelea arreglada. Solo tenía que durar diez *rounds*; ni uno ni nueve, como había dicho Vicente, nada grave si se comparaba con los tongos de Hermosilla. Zafe había visto cosas peores, comprendería, como mucho le soltaría un sermón blando.

—Mañana a entrenar —lo anticipó el viejo maestro—. Y pasado. Y pasado. Usted acaba de empezar una vida nueva. Le quedan pocos años, pocas fuerzas y mucho por hacer. A la menor cagada lo echo a la mierda porque estoy grande para perder el tiempo, ya se lo dije. Le soy franco:

no sé si va a poder. La joda no es vitamina, es una bacteria que come el cuerpo y el alma al mismo tiempo sin que uno se dé cuenta. Algunas cosas va a lograr: a lo mejor baja de peso, a lo mejor recupera un tercio de la velocidad que tenía cuando era pibe. Pero el tema es la templanza, que se va y no vuelve. Se la llevan las putas, el *champagne*, los arreglos sucios para ganar una moneda más... Templanza. La que nunca tuvo el pobre Urtaín y la que a usted le sobraba. Sabe de qué hablo, ¿no? De entrenar todos los días hasta que le duela el aire que respira, sin la menor seguridad de que va a aguantar en pie el primer roscazo serio que le metan. Solo le queda un camino: el más difícil, el recto. Basta de engaños, de agachadas. Es hora de ser derecho y sufrir, ¿entiende?

A Rayo se le quedó la verdad adherida a la garganta. Él no había sido fabricado para la franqueza. Mentir era una forma sinuosa de admitir el miedo. ¿Y si confesaba y todo se le iba al carajo antes de empezar? Por eso cerró la boca y salió rápido hacia esa noche que parecía armada con los escombros de un millón de vidas fracasadas. Un escenario desolado en el que nadie, nadie, podía sentirse sobreviviente.

PLAN

Su cabeza cayó guillotinada sobre el hombro del pasajero de al lado, un viejo que dormía con una caja gigante sobre las piernas. El primer instante fue de confusión total. No reconocía nada. Solo una luz intensa que se le clavaba en los ojos. Pensó, en ese segundo fugaz de mareo y pesares revueltos, que lo habían noqueado, que había quedado tendido boca arriba sobre la lona y que la luz que lo encandilaba era la del *ring*. El ruido del motor del micro y los ronquidos de burriqueta del viejo lo sacaron del error. Se había dormido.

Santa Catalina. Tengo que bajar en Santa Catalina. Me pasé, la puta madre, me pasé.

Miró a través de la ventanilla, nervioso, intentando descubrir algo en el paisaje que confirmara o descartara la sospecha, pero sabía que ese llano maldito era de una uniformidad tal que anulaba cualquier diferencia. Santa Catalina podía haber quedado atrás o haber desaparecido o no haber existido nunca, y la planicie seguiría siendo igual de verde, de monótona, de anónima.

Se levantó e intentó pasar por sobre las piernas del viejo sin molestarlo, pero la rigidez cadavérica de su compañero de viaje y el tamaño de la caja se lo impedían.

—¿Qué le pasa, muchacho? —El viejo habló sin abrir los ojos.

—Quiero preguntarle al chofer si falta mucho para Santa Catalina.

El viejo se movió lentamente, como un sonámbulo en trance. Puso la caja en el pasillo y encogió las piernas.

—La próxima parada, apúrese —dijo, siempre con los ojos cerrados, como si llevara incorporado en el revés de los párpados un mapa que le permitía percibir distancias y destinos.

Rayo salió al pasillo y bajó el bolso del portaequipajes. El micro redujo la velocidad y se metió por un camino angosto de ripio que se desgajaba de la ruta. El chofer detuvo la marcha en una estación de servicio que parecía abandonada, gritó «Santa Catalina» y abrió la puerta. El único que bajó fue Rayo. Nadie lo esperaba. Buscó refugio a la sombra de un tinglado de hierro comido por el óxido. Se quedó un rato ahí, solo, de pie, sin tener idea de qué hacer, hasta que finalmente decidió caminar entre los surtidores hacia la oficina de la estación. Lo hizo muy despacio, gambeteando manchas de aceite. Le salió al cruce un pibe de mameluco azul.

—¿A quién busca? —gritó.

—Quedé en encontrarme con alguien —respondió Rayo.

—Fíjese allá. —El pibe le señaló un galpón de paredes sin pintar y techo de chapa. Escrita sobre el revoque mismo, con pintura negra y letra despareja, la leyenda «Comedor».

En ese instante, del galpón, salió Benavídez.

—¡Ya no aguantaba más! —gritó—. Vicente me dijo que ibas a llegar a eso de las once. O se equivocó o el micro venía con retraso. Vení, vení, seguíme.

El exinquilino de Matilde rodeó el galpón hacia un descampado trasero. Se movía con la certeza de quien conoce el plan de punta a punta. Rayo no se animaba a acortar distancias justamente por eso: Benavídez sabía, él no, lo que fatalmente lo ponía en desventaja. Que su antiguo y misterioso vecino de pieza hubiera resultado el emisario de Vicente lo hizo sentir un pelotudo. Había estado bajo vigilancia todo ese tiempo, y él, en las nubes. Le dieron unas ganas tremendas de volver a Buenos Aires. Surgieron de un punto que se le encendió justo en el centro del pecho. Pero pensó en las diez lucas que le debía a Zafe y se dijo que no iba a traicionarlo de nuevo. Su músculo blando siempre había sido la lealtad. Podía aguantar un *cross* a la mandíbula y seguir peleando con los ojos envueltos en una bruma sin que nadie lo notara. Lo que le costaba era ser derecho. A veces por amor propio, a veces por jodido, a veces por transferirle a otro la amargura de sentirse cagado. *Cabeza fría*, se pidió, *bancate que te manejen como a un títere, dejá correr, no sigas el primer impulso, vamos, que esta es la última mugre de tu vida, la última y nunca más.*

Benavídez abrió el baúl de una camioneta igual a la de Vicente pero negra. Sacó una camisa blanca que colgaba de una percha y una funda gris, de las que se usan para proteger los trajes.

—Ponete esto, dale. ¿Trajiste zapatos?

Rayo se miró los mocasines marrones, bastantes gastados ya.

—No pegan mucho, pero peor serían zapatillas de tenis —juzgó Benavídez—. Además, no creo que se fijen demasiado…

Rayo se cambió rápido, ahí mismo, al aire libre. El traje era negro, cruzado, con hombreras, de una tela algo brillosa, y venía acompañado de una corbata amarilla con arabescos rojos. La ropa le quedaba bastante bien. El pantalón, un mes atrás, no le hubiera entrado. La culebra le señaló el asiento del conductor.

—Vas a manejar vos. Vicente quiere que te vean llegar como ganador, que crean que esta máquina es tuya —explicó—. Por eso lo del traje, corte italiano, última moda. Vos sos la única celebridad del pueblo, el tipo que triunfó afuera, no podés dar lástima. Lástima dan ellos, que viven con el agua a los tobillos.

Villa Luppi estaba en el medio de un territorio deprimido como una palangana. Cuando llovía mucho, las lagunas y los arroyos que rodeaban al pueblo desbordaban, el agua se estacionaba y ya no había manera de que se fuera. Todos los intendentes prometían canales aliviadores, bombas de desagote y tecnologías hidráulicas traídas desde Holanda, pero para eso se necesitaba plata que nadie ponía. El poder del sol y el moroso drenaje de la tierra se volvían, entonces, las únicas esperanzas: un desafío a la paciencia, a la fe, el hombre hincado ante la Naturaleza como en la antigüedad.

Rayo recordaba, entre todas, una inundación especial. Él tenía nueve años. Vivía con su madre en las afueras de Villa Luppi, a un kilómetro de la laguna. Anochecía. El agua creció tanto y tan rápido que ni siquiera pudieron salvar los colchones. Tuvieron que subir al techo y cubrirse de la lluvia con un par de mantas. Permanecieron ahí varias horas muertos de frío y miedo, mojados, los dos cuerpos apretados para contagiarse calor y coraje, hasta que al amanecer los vino a buscar un bote de los bomberos.

Don Augusto Narducci no quiso que los mandaran a un refugio y les abrió las puertas de su casa. A Rayo le gustó la idea de vivir en un hogar de gente rica y por un momento se entusiasmó con la idea de que el agua no bajara más y de que ellos se quedaran definitivamente en lo del patrón. Les armaron un cuarto en el lavadero y, por primera vez, todos en esa familia estuvieron al servicio de su madre y no al revés. A Rayo le dieron ropa vieja de Vicente, que era más linda que la suya nueva. A la noche, cuando ya se habían acostado, don Augusto pasó a verlos. Le preguntó a Rayo si le gustaría dormir en el cuarto de su hijo. Rayo contuvo el sí por temor a que fuera un chiste y se limitó a encogerse de hombros.

«Bueno, dale, andá...». El pibe saltó del colchón y salió corriendo. La puerta del lavadero se cerró a su espalda con don Augusto adentro.

FUGA

Tal vez haya sido una casualidad, el acierto de una mente preclara o el milagro de un Dios perverso que disfruta ahorcando sin matar, pero el camino que salía de la ruta principal y llevaba hacia Villa Luppi estaba construido sobre una especie de terraplén que lo dejaba a salvo de las inundaciones. A los dos lados, un mar tranquilo que brillaba como una superficie de mica bajo el sol del mediodía. El asfalto, cuarteado por viejo, por mal hecho y por la presión implacable del agua que también lo atacaba desde abajo. En algunos tramos, la inundación ganaba la porfía y Rayo atravesaba los charcos levantando olas espumosas. De los campos de girasol, maíz y sorgo no quedaba nada. Benavídez le señaló una loma, a lo lejos, donde pastaba una vaca solitaria que nadie había ido a rescatar. «No va a durar mucho», le dijo la culebra, y esa frase lo estremeció.

«No voy a durar mucho», le había dicho su madre cuando le confirmaron el cáncer. Ella —morocha, linda y de caderas fuertes, pura vitalidad, brillante en la mirada pícara y en el pelo negro y largo—, ella, toda ella, venida a menos, macilenta, débil, derrumbada en un hospital de pueblo frente a su hijo de dieciocho años, lo único que tenía en la vida. Fue fulminante la muerte, como un *upper-cut* bien puesto. Cuestión de cinco meses. O seis. Ni los médicos que don Augusto trajo de Buenos Aires pudieron salvarla. En el velorio lloraban todos a moco tendido, incluso el patrón, todos menos Rayo, que estaba empezando a endurecerse, y Vicente, seguramente porque ya era otro, futuro universitario, alguien que no iba a quebrarse por la muerte de una sierva, por bonita y buena que fuera.

El boxeo operó en Rayo como una descarga a tierra. Trabajaba el día entero en changas de peón de albañil o de jornalero, y después le daba a la bolsa como a un enemigo. Le ofrecieron pelear enseguida, aunque apenas sabía caminar el *ring*. Siete nocauts en fila contra chacareros de la zona. Ellos también tenían la mano pesada y el físico tallado en la vida dura del campo. La gran diferencia latía en el alma: un alma negra la de Rayo, despiadada por momentos, que lo transformaba en una máquina de destrucción.

Sin su madre, no era nadie ni tenía nada. Solo a Patricia, la hija del director de la escuela, una muñeca con la que se veía a escondidas y que Vicente le elogiaba demasiado. Un día, Rayo se hartó. Le dijeron que se parecía a Monzón y, pibe al fin, se ilusionó. Hizo el amor con Patricia —la primera vez de ella, la primera vez de él sin pagar, roces intensos y descoordinados que terminaron rápido en el auto que le había prestado Vicente— y le pidió que se fueran juntos a Buenos Aires. Que escaparan de esa vida chiquita marcada por las inundaciones y el recuerdo de un cáncer fulminante. Ella dijo que sí, se abrazaron, planearon la fuga detalle por detalle. Pero Patricia terminó cediendo al miedo, o a la comodidad, o al sentido común, si en verdad resultan cosas distintas: ¿qué iban a hacer solos en la Capital dos pendejitos muertos de hambre que ni coger sabían?

Rayo tomó el micro en soledad, porque de algún lado le había nacido la convicción de que dar un paso atrás era de flojo.

—¿Sabés qué pasó al final con la rubiecita de la pensión? —le preguntó Benavídez.

—Se salvó.

—Suerte. Si no fuera por Matilde, que se la cargó en brazos chorreando sangre y la llevó al hospital de una, estaría viendo crecer los rabanitos desde abajo. Qué mujer, Matilde. Dicen que de joven era una potra. ¿Vos ya te la garchabas en esa época?

—¿De dónde sacaste que me la garcho?

—Veo y escucho. Sobre todo, escucho. Mirá que la hacés gritar, eh... Cuando esto termine, a lo mejor vuelvo a Buenos Aires y me le animo.

—¿Cuándo esto termine, qué?

—La boludez del centenario de Villa Luppi, el circo de tu pelea... Pará detrás del Taunus ese. —Le señaló un auto rojo, estacionado entre la banquina y el agua. Un fisicoculturista entrado en años y en cerveza fumaba con el culo apoyado en el baúl del coche—. Nosotros hacemos punta y vos nos seguís, ¿entendiste? Te están esperando en la municipalidad. Hay un agasajo con sanguchitos de miga y esas cosas. Vicente quería carnear no sé cuántos terneros para un asado, pero el intendente dijo que no era el momento político, sobre todo cuando todavía hay un montón de familias viviendo en carpas. Fijate, las vas a ver cuando pasemos por la cancha del Deportivo: una tribu comanche parecen... No sé dónde las van a meter, porque mañana la pelea se hace ahí. Seguro que las llevarán a la iglesia o a la escuela.

Había un plan, eso estaba claro desde antes, pero a Rayo lo intrigaba la cantidad de gente involucrada, los detalles puntillosos de la trama que le iban revelando en cuotas mínimas y que parecían no tener sentido. *Aguantá, aguantá,* se repitió. Iba a ir a fondo. No tenía otra alternativa.

Pasó por el puesto de la Policía Caminera. Los agentes lo saludaron como si hubieran sido avisados de que el héroe de Villa Luppi iba a llegar a esa hora y en una camioneta negra. Pasó por el Deportivo. Familias enteras cargaban sus bártulos, que eran miserables y escasos, en camiones del gobierno. Llegó a la municipalidad. En la puerta, rodeado por unas veinte o treinta personas, Vicente agitaba los brazos, eléctrico y feliz en su función de rey de la comedia.

RUBIA

Rayo bajó de la camioneta y se dejó abrazar por Vicente, quien se le prendió como una sanguijuela para llevarlo hacia el interior del palacio municipal. No permitía que los demás, que ya no eran veinte o treinta sino unos cien, se le vinieran encima. Autorizaba a lo sumo una palmadita, algún comentario por arriba, contactos mínimos que abortaba enseguida con una palabra quirúrgica y el brazo izquierdo, el único libre porque el derecho rodeaba el hombro de Rayo, como una azada que siega la maleza. Solo se salvó el intendente Rivas, acaso por la jerarquía de su rango.

—Yo te vi debutar en el Deportivo, Juan —le dijo Rivas, un hombre mayor de modales campechanos—. Dormiste en el segundo *round* a un pibe de Rauch que venía invicto. Una piña sola y chau... Es un honor que hoy estés con nosotros. Nos hubiera gustado una recepción más importante, pero Vicente ya te debe de haber dicho que las cosas están mal, bastante mal. En fin, no voy a abrumarte con nuestros problemas. Te queremos homenajear. Modestamente, claro, pero con el corazón.

Entraron al salón de actos, que explotaba de gente, y se sentaron en sillas reservadas de la primera fila, bien al medio, Rayo prensado entre Vicente y Rivas. Un locutor subió al escenario y, con gritos de barítono, lo presentó como la Tromba del Sur, el guerrero de Villa Luppi que había conmovido al país y al mundo. Su excitación contagió al auditorio, que se puso a cantar «dale campeón, dale campeón» con la música de la marcha peronista. Vicente trepó al escenario de un salto, le sacó el micrófono al locutor, pidió silencio varias veces y logró aplacar el alboroto.

—Quiero hablarte a vos, Juancito —dijo, dirigiéndose a Rayo—. Porque para mí vos no sos el campeón; vos sos el pibe medio chúcaro que hacía conmigo las tareas escolares en la cocina de casa, el que me enseñaba a cazar gorriones con una trampera hecha de palitos. Tengo el orgullo de ser tu mejor amigo. Tengo el orgullo de decir que nos criamos juntos en esta tierra maravillosa, hoy acechada por el desastre y la tristeza. Y aunque la vida nos llevó por caminos separados, siempre estuvimos unidos en el afecto y en la lealtad que solo da el origen común. Yo sé muy bien quién sos, cómo pensás, qué sentís. Pero quizás los demás no. Y es mi deber como secretario de Gobierno de Villa Luppi, pero sobre todo como amigo, traicionar un pedido que me hiciste y contar una verdad que habla de tu grandeza humana. Señores: cuando yo visité a Juan Rayo para pedirle que se sumara al festejo del centenario, él ya tenía un viaje programado a París para esta misma fecha. Delante de mí, sin demorar más de dos segundos, levantó el teléfono, llamó a su representante y canceló el compromiso. «A la mierda París», fue lo único que dijo. ¡Todo para estar hoy acá! ¡Con nosotros, con su pueblo, con sus hermanos de alma, que eso es lo que somos, carajo!

Vicente aprovechó una nueva ovación para tomar aire y mirar al auditorio con ojos enrojecidos. Rivas le pidió a Rayo que se levantara a saludar, porque había vuelto con todo el «dale campeón», y Rayo le hizo caso porque se dio cuenta de que ese era su momento en la farsa. Giró hacia la gente con los brazos levantados y los sacudió un poco. Sonó el Himno Nacional desde una grabación con fritura y todos, incluso los chicos y las mujeres, lo cantaron con la emoción de soldados en guerra. Hubo luego un discurso de Rivas, que por largo y aburrido contribuyó a sosegar el entusiasmo, y por último la invitación a comer, que funcionó como una descarga. Los invitados salieron en estampida hacia el banquete, que había sido servido en un patio con palmeras que hervía bajo el aire denso del mediodía.

—Vos vení para acá —le dijo Vicente a Rayo, y lo llevó del brazo hacia una oficinita contigua al salón de actos. Sobre una mesa había dos platos con sándwiches de miga y saladitos, algunas copas, una botella de vino y una jarra con algo que se parecía a la Coca-Cola. No había sillas. Las sillas estaban todas en el auditorio—. Afuera te van a volver loco con los pedidos de autógrafos y la cantinela de la nostalgia. Ahora resulta que todos te conocen, que todos te recuerdan, que todos eran tus amigos...

—¿De dónde sacaste esa mierda de París?

—Del mismo lugar de donde saqué la camioneta y el traje. ¿Qué querías? ¿Qué les contara que vivís en una pensión de mala muerte? Esta gente necesita un héroe, y yo se lo invento.

Vicente le encajó de prepo una copa de vino en una mano y un triple de jamón y morrones en la otra.

—Dale, que la comida está buena, la hice traer de una confitería de Colonia Vela porque la de acá es una porquería. Ahora escuchame bien: tengo una reunión con Rivas, en diez minutos vuelvo. No te muevas, es peligroso. ¿Mirá si afuera te empiezan a hacer preguntas y vos pisás el palito? Montaner anda revoloteando y no me extrañaría que te quisiera sacar guita. La señorita Emilse también, pero no creo que ella te saque nada más allá de la paciencia. Acá vas a estar tranquilo.

Rayo asintió y se quedó solo en esa oficina de dos por dos, sin ventanas y con una única puerta. De golpe se dio cuenta de que tenía hambre, un hambre animal que hasta entonces había sido contenido por los nervios. Devoró el triple de jamón y morrones y luego otro, de crudo y queso, y un tercero, de huevo duro, aunque no le gustaba el huevo duro, pero igual masticó, tragó, masticó, tragó, entre sorbitos cortos de un tinto agrio y tibio, encorvado sobre la mesa, cagándose en la dieta de Zafe. Se concentró en comer para calmar el estómago rugiente y el lío en la cabeza. No había visto aún a Patricia, pero suponía que podía estar cerca. Tal vez lo hubiera estudiado desde lejos durante la ceremonia para evaluar si había cambiado mucho o si el regreso de aquel amor adolescente todavía le hacía mojar la bombacha.

—¡Juan!

Se dio vuelta respondiendo al llamado y vio que entraba una mujer rubia, espléndida, el cuerpo entallado por un vestido azul eléctrico que parecía hecho a medida, las tetas duras y altas desbordando el escote. A Rayo le costó reaccionar. Abandonó la mejilla para el beso y luego necesitó alejarse un paso para admitir que sí, que era ella, pero transformada por la buena vida.

—¿Qué pasa? ¿Tan mal estoy? —dijo Patricia.

—Te teñiste de rubia.

—Es lo que se usa. ¿No te gusta?

Rayo iba a contestar que sí, que le gustaba, pero lo detuvo una especie de gruñido que soltó el pibe que la acompañaba. Era alto, fuerte de espaldas y se lo veía muy apretado en un *blazer* color mostaza que le quedaba chico. Ojitos rasgados el pibe, pegados al tabique chato, mandíbula de *bulldog*, actitud de dormido.

—Juan, te presento a Loquillo, tu rival. Te admira y quería conocerte.

Rayo dejó la copa de vino sobre el escritorio, se limpió con una servilleta de papel y estiró la mano derecha. El apretón de Loquillo resultó fuerte y largo, demasiado largo. Rayo aflojó la presión de los dedos para desprenderse, pero el pibe —inmutable— no cedía, como si le hubiera sobrevenido una especie de *rigor mortis*.

—¿Qué le pasa? —le preguntó a Patricia.

—La emoción, seguro. —Dio dos palmadas suaves en la espalda de Loquillo y el pibe, como una mascota obediente, soltó la mano de Rayo—. Es sordomudo, pobre, y a veces se encierra demasiado en sí mismo. Mejor se lo llevo a los padres, que andan por ahí atrás.

Ella sonrió, se acercó para despedirse con un beso en la mejilla y, simultáneamente, sin decirle nada, le puso un papel doblado en el bolsillo superior del saco. Rayo lo leyó recién cuando se quedó solo. Tenía escrito un número de teléfono y un pedido en letra de imprenta:

Llamame hoy, a las diez de la noche. Que nadie se entere.

Lo repasó dos veces antes de guardarlo de nuevo. Se preguntó si esa escena, la de la rubia y el mensaje misterioso, sería parte de la farsa mayor o si se trataba de un desvío, de una ramificación inesperada.

—¿La viste? —preguntó Vicente, al volver.

—¿A quién?

—A Patricia, a quién va a ser, pelotudo.

—Sí. Recién. Me vino a presentar al rival.

—Está buena todavía, ¿no? Hace gimnasia, se cuida, a la noche se encrema como una torta. Desde que se tiñó de rubia se parece a Claudia Schiffer. La gente de acá me envidia muchas cosas, sobre todo la mujer. Ya no es el angelito que vos conociste, ¿eh? Cambió mucho. Para bien, creo yo. Es buena yunta para los negocios de la política.

—Me vas a hacer pelear con un sordomudo, la concha de tu madre —lo cortó Rayo, porque no quería hablar de Patricia con él.

—¿Y?

—¿Sabe del arreglo?

—Ni falta que hace.

—Debe de andar por los ochenta kilos. Mirá si se le da por pelear en serio.

—Loquillo es un *amateur*, Juancito, al lado tuyo no puede ni empezar. No te voy a mentir: ganó un par de peleas por nocaut y los del pueblo lo adoran porque es sordomudo y medio corto de inteligencia. En el fondo exageran sus cualidades porque se ilusionan con una historia emotiva como la de Rocky Balboa. Pega fuerte, sí, pero es lento, no sabe tirar las manos. Si te lo propusieras, lo liquidarías en tres *rounds*.

—¿Y si yo no le aguanto la trompada?

—Entonces dedicate a otra cosa.

—Pero ponele que me agarra mal parado y me tiene *groogy*, ¿quién carajo le avisa que pare?

—Patricia, que lo maneja como un títere.

—¿Qué? ¿Es la entrenadora?

—No, boludo. Patricia es maestra diferencial. Lo trabajó desde chico y el pibe está enamorado de ella, como todos los hombres de acá. No hay razón para que te pongas nervioso. Todo está perfectamente planeado. Esto va a ser una fiesta y vos te vas a llevar las diez lucas que te faltan. Mientras hagas lo que yo te digo, nada puede salir mal.

MENTIRA PIADOSA

La madrugada se le ha vuelto definitivamente incómoda. Por la pesadilla. Por el dolor en la cadera. Por la falta de *whisky*. Por la certeza de que no volverá a dormirse.

Se levanta. Da vueltas por el cuarto. Prende la radio, busca una audición de tangos. Cuando la encuentra, suena Piazzolla. No le gusta Piazzolla. Apaga la radio. Los números del reloj parecen marcar el ritmo del bullir entreverado de sus pensamientos. La lucha del insomne no es contra el cansancio, sino contra la cabeza, y la cabeza de él está revuelta como un río en la tormenta.

No se engaña, hay un motivo: Rayo.

¿Cómo le habrá ido? El tipo ese, el de Villa Luppi, le contó que iba a pelear contra un paquete, y no dio más detalles. «Convénzalo de que acepte, Zafe», fue lo que le dijo esa noche mientras lo llevaba en la camioneta plateada. «Dígale que usted necesita mucho dinero, que tiene una deuda, que lo aprieta un mafioso, que va a perder la casa, lo que se le ocurra, y pídale la plata a él como condición para tomarlo de nuevo de pupilo, entonces él va a venir corriendo a verme porque soy el único que tiene billetes para darle. Usted es su última esperanza. Lo sé porque lo tengo vigilado. Y uno, por una esperanza así, hasta puede comer mierda».

El tipo ese, el de Villa Luppi, le dio dos lucas por el favor y la libertad de manejar el arreglo con Rayo como quisiera. Y Zafe solito armó el resto: las veinte lucas, el verso de la operación, bah, verso no, porque el médico cree que necesita un reemplazo de cadera sí o sí, y él ni loco quiere hacérselo en el Penna, y si va a una buena clínica privada, entre los honorarios del cirujano, la prótesis y los días de internación a lo mejor le va a terminar saliendo más de veinte lucas. Una media verdad. O una mentira piadosa. Simplemente eso.

Lo que surgió después fue auténtico y transparente. Porque lo ha estado entrenando como hace años que no entrena a nadie. Con dureza. Con pasión. Como un padre que quiere sacar bueno a su hijo.

Rayo reaccionó bien, hay que reconocerlo. Bajó tres kilos, come sano, no se queja ni siquiera del *footing*, que nunca le gustó. Sigue lento, demasiado. Tal vez haya que cambiarle la forma de pelear. Trabajarlo para que se mueva de contra, sobre el esfuerzo del rival, lo que también le va a servir para regular el aire, que por ahora no le sobra.

Será cuestión de hacerle el bocho, de bajarle las revoluciones, «usted ya no es un pibe, Rayo, es un veterano que debe usar los años y las mañas a favor, como Archie

Moore al final de su carrera, o como Griffith, que era un peleador eléctrico y con los años se volvió un zorro del *ring*».

Tiene una sorpresa para darle apenas vuelva: la licencia, que sale en estos días, y el contrato para la primera pelea de su regreso. Será dentro de seis semanas en Brandsen, contra el Feo Sosa. La bolsa es chica, pero para empezar está bien, y el asunto de la revancha con el tipo que le sacó el invicto lo va a entusiasmar.

¡El Feo Sosa! Anda por los cuarenta y sigue. Pierde más de lo que gana, pero el cerebro todavía le funciona. Sobrevive con el sueldo magro de sereno de una fábrica de Avellaneda y, cuando le sale una pelea, entrena una semanita y se sube al *ring*. «Un aguinaldo extra», dice.

Zafe va a la cocina. Pone la pava para el mate. Si la noche viene desvelada, que venga nomás. El silencio de la madrugada cobra otro sentido cuando a uno se le abre una ilusión. Está seguro de que Rayo va cumplir su promesa y se le va a aparecer hoy mismo con las diez lucas que faltan. Quizás se las perdone. Quizás le diga «quedátelas, que el Facha Weiss me consiguió un descuento por obra social y la operación me va a salir la mitad». Sí, por qué no. *Ya está*, piensa, *suficiente*. Él, Amílcar Zafe, no nació para andar cagando gente.

DIAMANTE

Lo llevaron a un chalet en la frontera donde empezaba el agua. Iba a pasar el tiempo que le quedaba en Villa Luppi ahí, bajo la custodia permanente de Benavídez y el fisicoculturista veterano, que se llamaba Garrone.

—Vas a estar guardado hasta que mañana llegue la hora de ir al Deportivo —le dijo Vicente—. Y después de la pelea te vamos a sacar del pueblo y si te he visto no me acuerdo.

—Demasiado circo y demasiado misterio para una exhibición.

—El misterio es necesario para el circo, Juancito. ¿Sabés por qué los diamantes son tan caros? Porque cuesta sacarlos y hay pocos. Si la mierda fuera escasa y uno tuviera que ir al medio de África para conseguirla, un sorete valdría lo mismo que una esmeralda. Acá, el diamante sos vos. Quiero que mañana el Deportivo esté lleno, que la gente pague por verte, que vengan de otros pueblos, que hagan cola, que la cancha quede chica. Y para eso necesito mentiras, exageraciones, ocultamientos. Los norteamericanos, que a todo le encuentran un nombre lindo, a eso le llaman *marketing*.

—Podrías dejarme solo. Soy grande. No necesito niñeras.

—Yo sí las necesito. No te ofendas, Juan, pero ¿si te mandás una macana? ¿Si por aburrido salís a dar una vuelta de noche y terminás tirado por ahí en pedo y diciendo boludeces que no me convienen? Eso en el mejor de los casos, porque en el peor se te puede cruzar una idea rara por la cabeza y te terminás yendo de acá entre gallos y medianoches. Si alguna vez se lo hiciste a Zafe, ¿por qué no a mí?

Rayo se dio cuenta de que no podía ganar esa discusión. De que parte del juego tramado por Vicente era tenerlo secuestrado y nunca le iba a revelar el verdadero motivo, que ya a esa altura, por lo poco o mucho que había visto, no pasaba por el éxito comercial de la pelea. Así que decidió quedarse tranquilo, hacer lo que le dijeran y esperar la noche para llamar a Patricia. El pedido de su antigua novia sonaba como la nota discordante en el plan de Vicente, la línea no escrita en el guión de la comedia, la oportunidad de descubrir lo oculto, incluso de improvisar.

Vicente le pidió disculpas por no acompañarlo en la cena, dijo que estaba demasiado complicado con la organización del festival. Garrone se puso a hervir el agua para unos tallarines y a calentar una olla de tuco ya hecho. Benavídez cortó salame, queso, sacó las últimas aceitunas de un frasco.

Rayo rechazó la picada y el Cinzano que le ofrecieron, no por falta de ganas sino porque les iba a seguir la corriente en todo sentido: comería nada más que los tallarines sin salsa y tomaría agua, como un boxeador responsable veinticuatro horas antes de un combate. Se mimetizaría con los deseos de los otros y se incorporaría al paisaje pintado por Vicente hasta desaparecer de la vista de los demás.

Cenó con sus carceleros en silencio pero sin exagerar. Cuando Benavídez le preguntó que tal era Las Vegas, le respondió bien, casi como si le interesara mantener una conversación.

—Es lo contrario a esto, pura luz y desierto —dijo—. Agua hay, pero en las piletas de los hoteles. Allá todo se hace a lo grande, pero a lo grande de verdad, y esa es otra diferencia. Los hoteles tienen mil habitaciones, los casinos no cierran nunca, el ruido de las maquinitas tragamonedas no para jamás, *tin tin tin tin*, se te mete en la cabeza y lo seguís escuchando cuando a la noche te querés dormir.

—¿Y las mujeres? —lo interrumpió Garrone, con los ojitos brillosos.

—Allá, Patricia daría pena —contestó Rayo, y al gordo le agarró un ataque de risa tan fuerte que terminó doblado por una tos asmática.

La charla de amigos concluyó ahí, como si haber mentado a la esposa del jefe hubiera implicado cruzar algún tipo de prohibición tácita. Cuando terminaron de comer, y Garrone se fue a fumar un cigarrillo afuera, Rayo vio clarita la oportunidad. Benavídez, relajado, empezó a levantar la mesa y él aprovechó para tirarse el lance como al descuido.

—¿Se puede usar el teléfono de la sala?

—No —respondió la culebra sin mirarlo—. ¿Por qué? ¿Necesitás llamar a alguien?

—A Matilde. Me pidió que le avisara si había llegado bien y me olvidé. No me cree que me invitaron al centenario del pueblo. Piensa que me fui de joda y no me gustaría que a la vuelta me hiciera un escándalo.

—O sea que la relación va en serio.

—Matilde es un buen plan B.

—Es un plan triple C: casa, comida y cama. —Benavídez se rio de su propio chiste y lo miró con la condescendencia de un carcelero humanitario—. Dale, andá, todo bien, que la gorda enojada debe de ser más brava que Loquillo.

—Es una llamada de larga distancia. Si querés, te doy unos mangos.

—No seas boludo, que yo no soy el que paga las cuentas. Tal vez Vicente, pero tampoco estaría tan seguro.

Rayo agradeció, fue a la sala y dejó la puerta abierta de la cocina para no despertar sospechas. Sacó el papel y marcó el número. Sonó tres veces y atendió Patricia.

—Hola. Soy yo —dijo Rayo.

—¿Podés hablar? —se apuró ella.

—No mucho.

—Bueno, escuchá: tenés que irte del pueblo. Ahora, ya, es por tu bien. No tenés la menor idea de lo que se esconde detrás de esta farsa.

FURIA

Siente que el barro frío se le impregna, se lo come, y lo asalta un miedo infantil: que esa tierra lo trague entero, que nadie encuentre su cuerpo, que ni siquiera haya para él una cruz de madera con las fechas insuficientes de su vida.

Repta y siente que se hunde más, como si hubiera caído en un pozo de arenas movedizas. Se arrepiente. En esas horas se arrepiente de todo. Parece un nene compungido por haber robado las ostias de la iglesia.

Cuando ella le dijo «tenés que irte del pueblo, ahora, ya, es por tu bien», él debería haber colgado el teléfono. Existía una línea segura de acción, y era la de Vicente. Pero Patricia lo había empujado a dar un salto al vacío.

«La pelea es la tapadera para ocultar un robo», la voz de Patricia de nuevo en su mente, cristalina, como si la escuchara por primera vez. «En la bóveda del banco está la plata que el Gobierno Nacional mandó para empezar las obras contra las inundaciones; un montón de guita, millones, millones, y unos boqueteros que trajo Vicente la van a sacar mientras vos estés en el *ring* con Loquillo.

Un trabajo de cuarenta minutos, por eso la pelea debe durar sí o sí diez *rounds*. Por eso pusieron a Loquillo, porque es una bestia rara que aguanta cualquier golpe que le peguen; y por eso te llamaron a vos, porque no te vas a rendir aunque el pibe te esté destrozando a piñas.

»Vicente quiere sangre para que nadie saque los ojos del *ring*, para que el intendente, el comisario, todos, se distraigan con una carnicería salvaje y no les lleven el apunte a las alarmas del banco». Rayo, por segunda vez, escucha en silencio. «Los bolsos de plata los van a poner en tu camioneta y los vas a sacar vos mismo cuando te hagan regresar a Buenos Aires después de la pelea, porque los policías, que van a bloquear la única salida del pueblo para impedir la fuga de los ladrones, no sospecharán de vos, el campeón del mundo, el que no se fue a París por venir a matarse a trompadas a Villa Luppi. Te harán la venia y te dejarán seguir».

Hasta este punto, Rayo recuerda y entiende todo. Él en la sala, sin decir nada, espiando si Benavídez y Garrone, que ya volvió de fumar el cigarrillo, hacen algún movimiento que demuestre que sospechan de esa conversación telefónica que ya se ha extendido demasiado.

Rayo recuerda y entiende hasta ese punto. Porque después, imprevistamente, llega la cabriola sin redoble de tambores, el camino lateral, el laberinto del que solo se puede salir con trampa.

Patricia que le dice: «Te vas ya, ahora, o te quedás, le cagamos la plata y por fin vamos a estar juntos, que es lo que siempre quise, que es lo que no pude hacer aquella vez porque me faltaban madurez y ovarios, pero ahora me sobran las dos cosas, y me sobran ganas, y odio a ese hijo de puta de Vicente, y culpa por lo que te hice, y me sobra amor por vos, Juan, Juancito, porque ni te imaginás lo que sentí al verte hoy después de tantos años, es como si me hubieran abierto al medio con un cuchillo y me hubieran echado ácido a la carne viva, porque al tenerte enfrente mis sentimientos volvieron intactos, dolorosos, por eso quiero que lo hagamos, para vengarnos de Vicente, de nuestras cobardías, para perdonarnos nosotros, para recuperar lo que fuimos, dos pibes tiernitos que se amaban sin malicia, por eso quiero que nos juguemos la vida, porque es la manera de borrar el pasado, de ajustar las cuentas pendientes, de darnos la oportunidad que nos merecemos».

«¿Cómo?», preguntó Rayo en esa sala, inflamado por una furia nueva que le quemaba la prudencia, que lo empujaba a un nuevo volantazo.

«¿Cómo?», dijo, y lo repite ahora, solo, para nadie, la boca llena de tierra, el cuerpo helado.

«Yo sé cómo», fue la respuesta.

O JUREMOS CON GLORIA MORIR

No lo sorprendió la multitud, que se apiñaba en las tribunas y en el campo de juego del Deportivo, cuerpos encastrados, superpuestos hasta conformar una masa de tal densidad que nada que cayera del cielo podría tocar el piso, ni siquiera una gota de lluvia.

Tampoco lo sorprendieron los fuegos artificiales que acompañaron su llegada al *ring*, porque Patricia le había advertido que serían muchos, antes y durante la pelea, para ensordecer al pueblo y disimular, primero, el ruido de los boqueteros rompiendo una medianera del banco, la que da al garaje del palacio municipal, y segundo, el de las alarmas de la bóveda.

No lo sorprendieron los gritos que pegó el presentador, que resultó ser el mismo locutor barítono del acto de bienvenida, ni la bandera argentina que bajó como un telón desde la parte alta de la tribuna principal con la inscripción «Villa Luppi, 1896-1996, cien años de gloria».

Lo que lo pasmó, sí, fue el Himno Nacional, que sonó enérgico desde una grabación como si se tratara de un combate por el título del mundo. Vicente, a su lado, se llevó la mano derecha al corazón y se puso a cantar con el denuedo de un carnero degollado, lo que le reforzó la impresión de desmesura.

Miró de reojo a Loquillo, que estaba entre Patricia y un gordo, seguramente su entrenador. El pibe, desde luego, no cantaba. Estaba quieto, con los ojos muy abiertos y ausentes. La gestualidad de un sonámbulo con sueño pesado, o la de alguien demasiado replegado en sí mismo. Era más grande de lo que Rayo había calculado: le debía de sacar diez centímetros de altura y unos veinte kilos de peso. Tenía los músculos trabajados, pero no por la faena dura del campo: en ese físico ancho y consistente como el granito había gimnasio, mucho gimnasio, y acaso también un tratamiento con anabólicos.

Rayo se preguntó si, a su edad y en su estado, podría resistir el puño de esa bestia de mirada muerta. Alguna vez, cuando era joven y estaba lleno de esperanzas, ni se le ocurría pensar en el poder noqueador de los rivales; le parecía un síntoma de flaqueza, el primer alumbramiento del miedo. Por el contrario, solía bajar la guardia y dejarse pegar para demostrarle al otro que no solo estaba enfrentando a un rival corajudo, sino también a un suicida que no se detenía por el dolor. Pero ese Rayo ya no existía: había sido sepultado por los años, la grasa, el alcohol, el fracaso. De su legendaria fortaleza quedaba solo la nostalgia.

El himno terminó de golpe al segundo «o juremos con gloria morir», por lo que el tercero y último se gritó *a cappella*, entre estallidos de pirotecnia. Sintió que Vicente le palmeaba el hombro y decodificó los toquecitos como una señal: se dirigió a su rincón basculando el cuello, sin mirar a nadie, reconcentrado, dispuesto a encontrar en su interior más profundo las claves que lo sacaran vivo de ahí.

Supo que no era el momento del instinto ni de la bravura silvestre que tanto le elogiaban. Esa noche tendría que consagrarse a la astucia, a la técnica que viene con los años y la mecanización de movimientos. Loquillo era más joven, más grande, más fuerte, pero él era un zorro veterano, y esta convicción operó en él como una inyección de adrenalina en el medio del pecho.

Sonó la campana. Vicente le dijo algo que él no alcanzó a escuchar y le revolvió cariñosamente el pelo de la nuca. Rayo salió hacia el centro del *ring* sin apuro. Vio cómo Loquillo avanzaba con los pies casi en la misma línea, el cuerpo demasiado frontal, la guardia muy baja, la derecha apenas adelantada, lo que implicaba su condición de zurdo. Desplazamientos lentos, adormilados y una postura rudimentaria de alguien que nunca ha boxeado.

Mejor, pensó Rayo, mientras decidía la estrategia. Le convenía pelear a distancia, girando hacia la derecha de Loquillo para quitarle ángulo a su mano más pesada. Mientras tanto, tiraría el *jab* a cuentagotas, liviano, apenas un toque, no como llave para el gancho al hígado o para el *cross* a la cabeza, la combinación indicada para terminar rápido. Usaría el *jab* solo para transmitirle al otro que se trataba de una exhibición y que nadie tenía que salir lastimado, que el combate era una simulación como la de los luchadores de *catch* y que lo único que importaba, el verdadero triunfo, era que durase diez *rounds*.

Probó, entonces.

Jab.

Paso atrás.

Jab.

Paso al costado.

Bien, funciona, pensó.

Cuando Loquillo llegaba, él ya no estaba. Apenas sentía el contacto de las sogas en la espalda, salía hacia el lado incómodo del otro dando saltitos.

El pibe regalaba su mano derecha: la movía como si quisiera abrir un picaporte invisible. Y retenía la izquierda, no la sacaba nunca, y esa reticencia abría dos posibilidades: o la tenía lesionada o era una bomba de tal poder que no necesitaba de la acumulación para hacer daño.

Así, sumando minutos de calma chicha, se fue el primer *round*. Vicente le tiró agua fría en la nuca y en las bolas. Le dijo que iba bien, muy bien, que siguiera así. Rayo no necesitaba la boca abierta para respirar. No todavía. Eso llegaría más tarde, cuando los pulmones se le fueran cerrando como un bandoneón. Pero mejor no pensar en eso, mejor mantener el espíritu en alto y la confianza intacta.

Sonó la campana del segundo asalto, pero casi no la escuchó. El barullo de los fuegos artificiales era ensordecedor.

Vicente tuvo que empujarlo para que saliera. Rayo dio dos pasos y se detuvo. Distancia y atención: los dos atributos que necesitaba. Su mirada debía ser el radar que advirtiera el misil de Loquillo antes de que fuera disparado solo por el gesto de las cejas o la leve retracción de un hombro. Pero el grandote se asemejaba a un elefante atravesado por un dardo de morfina: tal vez todo terminara resultándole más fácil de lo que imaginaba.

Dejó que el tiempo se consumiera entre *jabs* tibios y pasos laterales. En el rincón, una vez finalizado el segundo *round*, reducida la preocupación por el rival, lo único que empezó a inquietar a Rayo fue la gente. Miles de personas habían pagado por la pelea más aburrida de la historia y sin embargo no se quejaban. Por el contrario, parecían tensas y concentradas en la inminencia de algo que se conoce y desea. Como el campesino que huele la tormenta antes de que aparezca el primer nubarrón. ¿Y si en esa paciente expectativa se encontraba la clave del misterio? Porque ellos ya habían visto pelear a Loquillo, sabían de lo que era capaz, no se trataba de conformismo. Si se bancaban el bodrio como señoritos ingleses era porque estaban seguros de que en cualquier momento el tedio se rompería de la manera más excitante.

Y eso que el público aguardaba terminó sucediendo recién en el último minuto del tercer *round*. Rayo se dejó arrinconar en su esquina, acaso por exceso de confianza o por el hastío que le generaba ejecutar un plan de pelea que vulneraba su naturaleza. El pie frontal le quedó del lado de adentro, el punto ciego que lo exponía a la zurda de Loquillo. Y la zurda salió, por fin, como un piedrazo, y lo tomó de lleno en la sien.

Las rodillas se le aflojaron.

Escuchó el alarido de la multitud, un ruido infernal de expectativa satisfecha, y los fuegos de artificio, que regresaron a pleno. El instinto lo llevó hacia adelante. Tiró su cuerpo sobre el otro y buscó palanquearle los brazos, pero Loquillo, la bestia rara, se lo sacó de encima con un empujón.

Rayo no había alcanzado a rearmarse que recibió otro zurdazo, esta vez en la mandíbula, y voló como arrastrado por un huracán. Gateó hasta las sogas. El árbitro se largó a contarle demasiado rápido. Se levantó con esfuerzo. Todo se le estaba volviendo intenso y acelerado. Trató de recuperar el dominio estratégico de la pelea. Ni el otro era tan lento y estúpido, ni él tan astuto: la epifanía se le reveló justo cuando sonó la campana salvadora.

El descanso que representa el banquito.

La bolsa de hielo en la nuca.

El buche de agua.

La vaselina en los arcos superciliares y en los pómulos.

Las palabras —los insultos— de Vicente.

Nada de eso le importaba tanto como lo que ocurría en el otro rincón. Patricia haciendo señas ante los ojos vacíos de Loquillo. Se sorprendió deseando algo surgido del miedo: ojalá ella logre penetrar la corteza de la idiotez del pibe y pueda recordarle que es una exhibición, que no me tiene que matar, que alcanza con entretener al público y llegar a la campana final.

Quedaban veintiún minutos de pelea neta. Una vida entera.

Rayo se propuso, en el cuarto *round* que recién comenzaba, volver a cero: recuperar el dominio intelectual del combate, establecer una beligerancia controlada, *jab, jab*, distancia, siempre el pie adelantado del lado de afuera, su iniciativa enfriando las acciones.

Puedo, puedo, puedo.

La ilusión crecía a medida que se asentaba la calma, y en las tribunas regresaba un silencio solo interrumpido por los petardos y las cañitas voladoras.

Puedo, puedo, puedo. Este boludo no me agarra más.

Pero una izquierda voleada (rápida, invisible) le explotó en la nuca. *¿Por qué no la vi venir?*, pensó. *¿Qué me falló, la vista o el reflejo defensivo? ¿Cuándo se me averió el radar que debía intuir aquel bombazo?*

Loquillo aprovechó el instante de desconcierto y lo aprisionó contra las cuerdas. Su cuerpo era una montaña que lo asfixiaba. Rayo le clavó la frente en el pecho, forcejeó resbalándose en el sudor, lo alejó de un empellón y, en ese milimétrico instante de aire y libertad, advirtió el error. Había quedado suelto pero desguarnecido ante otra zurda voraz del pibe, que le desconectó por unos segundos el sentido de la realidad.

Abrió los ojos y ya estaba sentado en la lona con los dedos del árbitro marcando cinco delante de su nariz. El rugido de la gente y las explosiones en el cielo lo aturdían. Todo había perdido el color o, mejor dicho, había virado hacia un extraño violeta. Parpadeó para ver mejor, y lo que vio era el tiempo que se le estaba yendo.

Ahora seis.

Ahora siete.

Ahora ocho.

Se levantó.

Sonó la campana.

Y mientras volvía tambaleante a su rincón, Rayo entendió que ya no había plan que valiese, que la pelea se había desmigado en sangre, en carne rota. Y que tendría que pagar con dolor, su dolor, el sueño de Patricia.

LA ÚLTIMA CAMPANADA

Ahora entendía lo del martirio de Jesús camino al Gólgota. Loquillo parecía un legionario romano azotándolo con zurdazos impiadosos. No era que el idiota hubiera mejorado su técnica milagrosamente ni que ahora fuera más veloz que antes ni que su mente apagada hubiera encontrado la luz por azar. El que empeoraba minuto a minuto era él.

Los pulmones cerrados solo permitían pasar una delgada brizna de aire.

Los ojos no veían nada por la sangre.

Los puños le pesaban como si cada guante estuviera relleno de plomo.

El radar había dejado definitivamente de funcionar.

Aguantaba por orgullo, por Patricia y porque no podía permitirse una nueva defección. No quedaba, dentro de él, el resquicio para una nueva humillación.

Llegó al final del noveno *round* sostenido por las hilachas del amor propio. No quiso ni pensar el precio que habría de pagar por los tres minutos finales. Pero Vicente lo recibió con una oferta inesperada, casi una buena noticia.

—Si querés, paro la pelea.

Rayo se desplomó sobre el banquito. La boca abierta como un pez koi, la respiración ruidosa, los hombros hacia adelante, los brazos tironeados por la fuerza de gravedad del cansancio extremo.

—Limpiame que no veo nada —respondió Rayo, sin comprender lo que estaba ocurriendo a su alrededor.

Vicente le tiró agua y le pasó la toalla por la cara.

—Estás hecho mierda. La paro —insistió.

—Queda un *round*. Un *round* nada más.

—Cumpliste, no seas boludo.

—Qué decís.

—Ya no necesito ese *round* que falta.

Y Rayo, por fin, entendió no solo lo que le decía Vicente, sino la razón por la cual se había ido Patricia del rincón de Loquillo antes del octavo: el robo al banco debía de haber salido tan bien que consumió menos tiempo del imaginado en los papeles, por lo que ahora le tocaba actuar a ella. La nueva fase del plan de Vicente, ese plan que lo incluía en el rol de boludo útil, desplazaba la acción muy lejos del *ring*. Ya nada justificaba una carnicería.

Rayo escuchó la campana y se revolvió en el asiento. El mecanismo ciego del instinto activándose más allá de cualquier lógica. Vicente lo agarró de un hombro.

—¿Qué vas a hacer, Juancito?

—Diez *rounds* —dijo, soltándose—. Ni uno ni nueve. Diez.

Le costó ponerse de pie. La paliza y el agotamiento conformaban una inercia brutal que debió romper con un esfuerzo de voluntad que le surgió de la boca del estómago. Pero una vez arriba, los pies caminando solos hacia el rival, la mente y el cuerpo se resetearon en el comportamiento aprendido en años de gimnasio y en la dignidad del oficio.

Vio que la lona estaba manchada con asteriscos de su propia sangre y que el otro se le aproximaba con la determinación de un tanque de guerra.

Loquillo, entero: apenas una inflamación leve bajo el ojo derecho y sombras bermellones en los orificios de la nariz.

Se midieron en cámara lenta, como Rocky y Creed en el final de la primera película.

Rayo amagó salir hacia su izquierda pero volvió con rapidez, arqueó el torso hacia atrás para hacer pasar de largo la zurda del pibe y le clavó un gancho de derecha al oído.

Loquillo trastabilló, quedó de espaldas y giró muy lentamente, dando la vuelta más larga, desorientado, acaso sorprendido por ese contraataque que no esperaba. Los puños bajos, los ojos que parecían las figuritas vertiginosas de una máquina tragamonedas que no acaba de caer en el *jackpot* del entendimiento.

Rayo se acordó de Urtaín, de aquel primer cruce con una bestia rara en el Glorias de Pompeya, el comienzo de su historia, y entonces pegó como cuando tenía veinte años, sin estrategia, sin cálculo, sin medir cantidad ni precisión. El efecto demoledor del número sobre la cabeza de un sordomudo con pocas luces que solo se sostenía en pie por su extraordinaria resistencia, por un azar del equilibrio y por el rebote de las sogas.

La última campanada lo encontró así, obstinado y cruel, desahogando furias viejas y nuevas sobre el cuerpo de un inocente.

BRAVA

Bajó del *ring* escurriéndose entre el gentío que no paraba de subir. Sobraban focos de atención. Loquillo con la cara rota. El árbitro recolectando las tarjetas para anunciar el ganador. El locutor pidiendo aplausos para los dos gladiadores que habían derrochado valentía en esa noche histórica. Además, sucedía algo imprevisto que involucraba al comisario, a Rivas, también a Vicente, convocado por los otros a un nervioso conciliábulo en uno de los rincones del cuadrilátero.

Rayo se filtró y corrió hacia el vestuario, apartando con manotazos a los que se le venían encima. Escuchó de lejos que el locutor gritaba el nombre de Loquillo y que el público estallaba de alegría. Abrió el agua caliente de todas las duchas siguiendo la endeble superstición de que, ante la vista de una nube de vapor, pensarían que estaba bañándose y su ausencia tardaría más en descubrirse.

Se subió al banco de madera que había dejado preparado antes de ir a pelear. Salió por una banderola que, por suerte para él, no era demasiado estrecha ni estaba a demasiada altura. Afuera, en el contrafrente desierto del club, la camioneta negra con Patricia al volante.

—¿Estás bien? —preguntó ella, mientras sacaba unas tijeras de la guantera.

—Sí.

—Dame.

Rayo le extendió la mano derecha. Ella cortó los cordones del guante, se lo quitó y le pasó las tijeras a él para que continuara, porque el tiempo les jugaba en contra y tenían que ponerse en marcha sí o sí. Arrancó.

—¿Cuánto hay? —preguntó Rayo.

—No sé. Son diez bolsas.

—A cien lucas cada una, tenemos un palo —calculó él, mientras terminaba de sacarse el guante izquierdo.

—¿De dónde sacaste cien lucas?

—No sé, dije un número por decir.

—Estás sangrando mucho.

—Siempre sangro. Tengo la piel fina y los huesos duros.

—Acá hay diez millones como mínimo —volvió ella.

—¿Te lo dijo Vicente?

—No. Él nunca dice más de lo que le conviene.

Rayo se quitó también las vendas. Hizo un bollo con una y se taponó un tajo en la ceja izquierda. Después tiró los guantes hacia atrás y dejó caer el resto del traperío al piso. Al abrir la guantera para guardar las tijeras, vio una pistola.

—¿El arma es tuya?

—Sí —contestó Patricia sin sacar la vista del camino—. Está cargada, sin seguro, lista para usar.

—Resultaste brava para ser hija de un director de escuela y maestra diferencial.

—Soy un montón de cosas que ni te imaginás. Muchas, las peores, las aprendí con Vicente. Por eso lo detesto. Por eso quiero cagarlo. De la pendejita que conociste no queda nada. Solo las ganas de estar con vos.

Los pocos faroles que alumbraban las calles desiertas de Villa Luppi redibujaban la noche con una luz miserable que lo único que hacía era afantasmar los árboles y la maleza crecida de los baldíos.

—¿Y cómo sigue esto? —preguntó Rayo.

—Las alarmas sonaron, pero con el quilombo de la pelea se deben de haber dado cuenta recién al final. Los boqueteros ya están guardados en la casa donde te tuvieron a vos. Dejaron las bolsas en la camioneta y adiós. La policía de acá es poca cosa. Lo máximo que van a hacer es cerrar la ruta en el puesto caminero y no dejar salir a nadie. Yo pienso lo mismo que Vicente: a vos no te van a parar, y menos ahora, que venís conmigo.

—¿Y Vicente qué? ¿Se va a dejar cagar como un boludo?

—No. Seguro que ya sabe que algo anda mal. Su plan era que yo llevara la camioneta con la plata al club, para que te fueras solo y rápido. Pero resulta que no te encuentra por ningún lado, tampoco me encuentra a mí, no encuentra la camioneta. Va a llamar a Benavídez y a Garrone, que están esperándote en Santa Catalina. Si los pasamos a ellos, ganamos.

—¿Estás segura de que los canas de la Caminera son tan pelotudos como piensa Vicente?

—Son pibes del pueblo que deben de estar puteando por no haber podido ir a ver una pelea histórica...

—¿Y no era más fácil comprarlos? ¿Darles un poco de plata para garantizar la luz verde?

—A Vicente no le gustan los policías. No hace negocios con ellos. Dice que en la selva de los chorros no hay bicho más traicionero que uno de uniforme. ¿Y sabés por qué? Porque un cana puede operar a los dos lados del mostrador. Y me parece que no se equivoca. Con la policía comprada todo fluye más rápido, pero ellos se quedan con la parte del león y tarde o temprano terminan haciéndote valer las jinetas. Si vos y yo tenemos una chance de llevarnos la plata, es porque la astucia de Vicente tiene un punto flaco: puede esperar una traición de cualquiera, menos de nosotros. Yo quedo fuera de sospecha porque soy mujer, encima *su* mujer: para él, no hay nadie que valga menos que la minita que se coge. Vos quedás fuera porque te considera un pobre tipo con las neuronas molidas por los golpes, un perro orgulloso pero apaleado que solo quiere comer de su limosna. Tranquilo, Juan. No es con dudas que vamos a salir bien de esta.

La noche, en las afueras del pueblo, era un agujero negro. Las estrellas y la luna apenas se dejaban ver entre nubes de tormenta. El agua, a los costados, subía y bajaba levemente como el lomo de un animal que duerme. Adelante, luces.

—La Caminera —dijo Patricia—. Recliná el asiento, tirate para atrás y cerrá los ojos. Hacete el dolorido.

Patricia aminoró la marcha y se detuvo frente al retén policial. Eran tres agentes controlando y un cuarto al volante del patrullero que cortaba la ruta. Uno se acercó hacia la puerta del conductor con una linterna en la mano izquierda y la mano derecha sobre la cartuchera de la 9 milímetros. Otro rodeó la camioneta hacia el lado de Rayo. Patricia bajó enseguida la ventanilla y preguntó qué pasaba.

—Control de rutina —le contestó el policía de su lado—. Documentos y papeles del auto, por favor. Y abra el baúl también.

—Soy la esposa de Vicente Narducci, el secretario de Gobierno —dijo Patricia, mientras simulaba hurgar en la cartera—. Estoy llevando a Juan Rayo al hospital de Colonia Vela. Hay que sacarle urgente una placa. El aparato de acá anda mal.

El policía alumbró el asiento del acompañante. Se asombró al ver la cara deformada y sangrante del héroe del pueblo.

—¿Duele, campeón? —pregunto.

—Cuando respiro nada más —respondió Rayo.

El policía largó una carcajada.

—Abrochate el cinturón de seguridad, no sea que además de la paliza te lleves una multa —dijo el agente.

—Ya cobré. No quiero poner la cara de nuevo, por favor —bromeó Rayo, mientras le hacía caso.

—Tranquilo, campeón, que valoramos mucho que hayas venido. ¿Cómo viste a Loquillo? ¿Tiene futuro?

—Es duro. Y pega como una mula. A campeón argentino llega seguro.

—Tome, la licencia y los papeles del auto —intervino Patricia, dirigiéndose al policía.

—No hace falta. —Hizo una seña con la linterna hacia el patrullero y este retrocedió para dejar paso—. Pueden seguir, feliz centenario.

Patricia se despidió con dos toquecitos de bocina en señal de agradecimiento. Recién aceleró a fondo cuando estuvo segura de que la camioneta se había convertido en un grumo más de la oscuridad.

—¿Y ahora? —le preguntó Rayo.

—Ahora viene el último *round* —respondió.

El más difícil, siempre, pensó él.

ELLA

De Patricia le vuelven solo momentos.

El baile de Carnaval, cuando la vio con ese pantalón blanco que le marcaba bien el culo. Ella aún no tenía quince años y ya distraía la mirada de los hombres grandes, que se codeaban al verla pasar. «Le gusta mostrarse», decía Vicente, «esta minita es una calientapijas, de santa solo tiene la cara», y la rondaba con los aspavientos de los que no saben perder.

El primer beso, el verano siguiente, un día de tormenta que los obligó a salir corriendo de la pileta del club. Mojados, buscaron refugio bajo el alero del galpón donde se guardaban los trastos. El techo era mínimo, llovía mucho y el viento les tiraba el agua encima. Ella tiritaba, daba saltitos, los pezones endurecidos imprimían su forma en el corpiño de la bikini verde. Él, sin demasiada esperanza, probó si la puerta del galpón estaba abierta. Y estaba. Y entraron. Y se descubrieron solos, húmedos, semidesnudos, hermosos. Patricia le buscó la boca, la lengua, el cuerpo. Rayo sintió que la chica de sus sueños se frotaba contra su dureza instantánea y acabó ahí mismo. Sobrevino un momento de vergüenza espantosa, el traje de baño pegajoso y la risa de ella, que se dio cuenta, y el consuelo en forma de caricias en la cara para repararle el amor propio. Enseguidita el apuro: «Vámonos ahora, ya, que la tormenta aflojó y afuera se escuchan voces, no quiero que nos vean y que sospechen, y que se hagan una mala idea de mí o que le vayan con el cuento a mi papá, dale, vámonos, Juan, ahora, ya».

El noviazgo fue a escondidas, porque el padre era director de escuela pero tenía la mente de un general del Ejército. Patricia, ángel y demonio al mismo tiempo, todo el tiempo, siempre encontraba una forma de burlar el control familiar, de forzar un encuentro solitario con él, pero como contrapartida nunca lo dejaba ir más allá. Crecían juntos y se torturaban con ausencias demasiado largas y presencias ardorosas que sabían a poco. Hasta que ocurrió, esa noche, en el auto prestado de Vicente, que había admitido la derrota con el espíritu frágil del que espera revancha.

Ahora que Rayo lo piensa bien, la mitad de la cara en el barro, las manos adormecidas tapando el hueco que ya casi no larga nada, dominado por una resignación que se traduce en ese respirar lento de duermevela, ahora que lo único que puede hacer es darles rienda suelta a los recuerdos, entiende que Patricia se le entregó recién en aquel momento para impedir que se fuera.

Su madre había muerto, el trabajo de jornalero lo hacía sentir menos de lo que siempre había sido y él ya no ocultaba su bronca. Estaba convencido, y se lo decía a ella, de que si existía un futuro que merecía la pena vivirse era lejos de ese pueblo, en algún lugar donde se valoraran las dos cualidades que podía ofrecerle al mundo: huevos y temperamento salvaje.

Patricia, en el auto de Vicente. Las piernas incómodamente abiertas, los quejidos de placer, las uñas clavadas en su espalda y esos «sí, sí, sí» que Rayo debería de haber interpretado como «no, no, no»; «no te vayas, no me dejes, no puedo ir con vos a una aventura incierta, te estoy dando lo que más querés para que te quedes».

Ella, que en los días siguientes simuló plegarse a su plan de evasión, que incluso aportó plata para los pasajes de micro a Buenos Aires, al final lo dejó solo, vacío, sin siquiera una promesa de reencuentro. Ahora lo ve clarito: ya lo había dado todo.

«Soy un montón de cosas que ni te imaginás».

Tenía razón, Patricia. Nunca, en esos años de distancia y rencor, había podido pensarla de otra forma que no fuera con el pantalón blanco apretándole el culo, o húmeda de lluvia contra su cuerpo, o contorsionándose para dejarlo entrar y encerrarlo entre sus brazos en un auto prestado.

Yo me fui y la dejé sola, piensa Rayo. *Yo me fui y la dejé en manos de Vicente. Yo ayudé a hundirla en lo peor. Yo también la llevé a la muerte.*

PADRE

Los mates se le han vuelto un fuego en la boca del estómago. Los zorzales, afuera, le avisan que el amanecer está cerca. El sopor le embota el pensamiento. El dolor en la cadera es uniforme.

Todo el día así, no, ni loco. Las horas se alargan cuando uno está cansado. Tiene que dormir algo. Va a dormir algo. Le gustaría estar fresco para cuando viniera Rayo. Porque va a venir lo antes que pueda y le va a contar la verdad, que viene de pelear, que la plata que trae la ganó en una pelea medio rara, y que ahora sí basta de mentiras, que empezarán de cero sin ocultarse nada, dándose mutuamente todo, como socios, o mejor dicho, como padre e hijo.

Esa idea le acerca una ráfaga de alegría. Ojalá le durase. Ojalá pudiera conservarla, pero sabe bien que no, que a cierta edad los sentimientos lindos resisten demasiado poco.

Zafe se levanta, va al baño, busca en el botiquín. Recuerda que el médico del club le dio alguna vez la muestra gratis de unas píldoras nuevas para dormir. Él probó una, dos años atrás, y el resultado fue una muerte de ocho horas. Un vacío tan hondo que le dio miedo. Pero si tanta gente se duerme con pastillas, incluso pibes jóvenes, ¿por qué él no?

Encuentra la cajita. Saca una píldora. La deja sobre el lavatorio mientras se cepilla los dientes y evalúa si la toma o no. Se enjuaga la boca. Llena el vaso de agua, ahora la píldora en la lengua, el trago retenido en un buche, el temor derrotado por los efectos de la noche interminable, traga.

Camina hacia la cama. Se acuesta sin miedo a la pesadilla. Morirá ocho horas y renacerá cuando Rayo toque el timbre. No le piensa agarrar las diez lucas. No, de ninguna manera: esa no es la actitud de un maestro.

Y menos la de un padre con su hijo.

SIN DESTINO

Tenían mucho de que hablar. Eran necesarias demasiadas respuestas y confesiones para cubrir el abismo que iba desde la despedida adolescente en la estación de micros hasta esa fuga de madrugada. Pero la inminencia del peligro era un lastre que empujaba al silencio. Y el pasado, además, se perfilaba como una nube tóxica, los dos lo sabían.

Rayo lo intentó, de todos modos.

—Una vez te pedí que me fueras a ver pelear —dijo.

—Vicente encontró la carta. Yo ya estaba comprometida con él.

—¿Y qué? ¿Te puso un chumbo en la sien para que te quedaras?

—Comprendeme, Juan. Yo era una borrega que no sabía ni lavarse la bombacha. Vicente era un futuro cómodo, sin sacrificios, y a mí me gustaba la vida fácil, me sigue gustando. No me juzgues, te lo pido, soy así. —Lo miró un segundo de reojo y volvió a concentrarse en la ruta—. Yo iba a ir. Quería probarme. Si verte me removía algo muy profundo, me quedaba en Buenos Aires. Pero la misma mañana de la pelea, cuando solo faltaba una hora para viajar, Vicente entró a mi cuarto como si sospechara, revolvió todo y encontró el pasaje y la carta. No gritó. No me pegó. Solo me dijo que eligiera. Y yo elegí.

Rayo sintió que el odio mal curado le recorría el cuerpo, un monstruo ciego que amenazaba desgarrarle la piel desde adentro como el alien de la película. Y buscó contenerlo y contenerse imitando a Patricia, que se mantenía concentrada en el aquí y ahora. No escarbó, aunque le sobraban ganas. Puso, en cambio, toda la atención en el camino. Se afirmó en ese presente que se abría como un abismo delante de sus ojos.

Patricia, cada tanto, ponía las luces largas para ver si atisbaba a los matones de Vicente en el horizonte de la noche cerrada. Y no. Nada. Apenas la ruta estrecha y las aguas turbias.

—¿Qué vamos a hacer cuando aparezcan? —le preguntó Rayo.

—No sé.

—El plan…

—No hay plan. Vicente tenía uno. Yo no. El mío terminó cuando vos te subiste a esta camioneta conmigo. Ahora solo se trata de escapar. Hay algo bueno: si salimos de esta, no nos va a perseguir nadie.

—Sí. Vicente.

—Hablo de la Policía, de la Justicia, que es lo que importa. Vicente no puede contar lo que sabe sin incriminarse. El país es grande, y él no es más que un pícaro de pueblo. A vos te va a ir a buscar a Pompeya. A mí, no sé, porque yo fuera de él no tengo a nadie ni lugar dónde ir. Cuando se quiera acordar, ya habremos cruzado a Chile, o a Bolivia... Sobran fronteras para elegir.

—Todavía tengo una deuda que pagar.

—¿Dónde?

—En Pompeya, con Zafe, mi maestro.

—¿Querés que te agarren, Juan? ¿Qué pensás que te van a hacer si te pescan? Olvidate, muerto no le vas a poder pagar a nadie. Ahora hay que perderse, salir de escena. Después, Dios dirá.

Puso una vez más las luces largas, y entonces sí apareció el Taunus cortando la ruta.

—Ahí están —dijo Patricia, y bajó la velocidad.

—¿Qué hacés?

—No sé.

—¿Habrá mucha agua a los costados?

—Hace poco volcó un camión con granos y se hundió.

—Entonces, negociemos. Dale cinco bolsas y que nos dejen ir. Mitad por mitad. No necesitamos millones.

Benavídez y Garrone se abrieron, uno hacia cada flanco de la ruta, y apuntaron sus armas a la camioneta. Patricia les hizo señas de luces y redujo aún más la velocidad, como avisando que iba detenerse.

—¿Vos creés que van a llegar a un arreglo como si fueran ejecutivos de banco? —le preguntó a Rayo.

—No. Yo no creo nada. Pero a lo mejor la ven fácil y se les da por cagar a Vicente.

—¿Y si no? —Patricia lo miró con ojos que a Rayo le parecieron únicos, recién paridos en un miedo profundo que hundía sus raíces más allá de esa noche temeraria—. ¿Y si nos cagan también a nosotros?

Rayo abrió la guantera, sacó la pistola y bajó la ventanilla. Garrone, el matón que había quedado del lado de él, gritó algo y disparó al aire. Patricia pisó el acelerador. Rayo se asomó y tiró. El fisicoculturista se plegó sobre su pecho y se derrumbó hacia un costado. Después fue todo breve, rápido y confuso.

Rayo lo recuerda ahora como fotogramas que se suceden delante de sus ojos.

El fuego vomitado de Benavídez.

El choque violento contra el Taunus.

La camioneta que se cae de la ruta elevada y se clava de trompa en un zanjón inundado.

Patricia.

La frente contra el volante.

La cara oculta por el pelo.

Su inmovilidad de espanto.

Sangre que gotea.

El agua que entra por el parabrisas roto a balazos.

Él, que se desabrocha el cinturón de seguridad, que sale de la camioneta a través de la ventanilla, que busca a Benavídez como antes había buscado a Loquillo.

Siente un estampido y un punzón ardiente en su costado izquierdo. Cae sobre la barranca, medio cuerpo en el agua. Lo ve bajar, iluminado por las luces del Taunus.

que será chico, modesto, sin títulos del mundo, pero tener una motivación, a su edad, ya es un triunfo.

Planifica. El Feo Sosa, de arranque. Después, un par de peleas fáciles para sacarse de encima el compromiso con el Facha Weiss y para que Rayo vaya ganando en confianza. Y luego sí, desafiar al campeón argentino.

Yo creo que puede, piensa Zafe, *es cuestión de mantenerlo en la buena senda, de darle rebenque y terrón de azúcar, como a los potrillos. Y controlarlo a sol y a sombra, no vaya a ser que la historia se repita: eso sí sería demasiado.*

Teléfono.

Tal vez sea él para avisarle que viene a traerle las diez lucas que faltan. La cara que va a poner cuando le diga «deje, deje, no me debe nada, lo único que me debe es sudor en el gimnasio y corazón en el *ring*».

Atiende imaginando la escena, preparando la frase justa, la que lo muestre como una autoridad moral a la que rendirse, pero del otro lado no está su pupilo sino Gigliotti, la vocecita aflautada transmitiendo una noticia que no termina de comprender.

Juan Rayo, una pelea, un robo, un tiroteo, allá, en Villa Luppi.

Las palabras del otro se le escapan como si fueran mariposas, y al fin deja de escuchar. Suelta el teléfono. Siente frío. Debilidad. Y algo que le crece en el pecho. Algo como un puño que se le cierra. Es tristeza. Es arrepentimiento. Es culpa. Es una imagen que se niega a ver, que le vidria los sentidos, que lo lleva a un lugar de infinita soledad.

AGUA

Su madre, que le sonríe y le acaricia el pelo negro y duro, y que le dice «andá, andá tranquilo al cuarto de Vicente», antes de encerrarse en el lavadero con el patrón.

Hermosilla, lloroso en una catacumba del placer, jurándole que la vida de uno está expuesta a avatares incontrolables que van más allá de la propia voluntad, que el universo es un caos que te encumbra o te destroza y uno solo puede aceptarlo.

El Bobby, los ojos abiertos a lo inconcebible, su boca escupiendo agua, la dignidad de no rebajarse a pedir ayuda, o tal vez sea miedo y no dignidad, un miedo tan grande y primario que le borra las palabras.

Urtaín y una escena que nunca vio: el gigante tonto se trepa al techo del Glorias de Pompeya y se tira al vacío, como hizo su tío famoso, su sueño imposible de campeón convertido en un manojo de huesos rotos.

Harris, en la revancha, una máquina desconocida de moverse y de pegar que va minando su resistencia en cada cruce de golpes, como si quisiera avisarle que nada es lo que parece.

Dos matones que lo agarran en el vestuario, después de lo del Güero, y lo inmovilizan, y le hacen apoyar las manos sobre la mesa de masajes, y sacan la colchoneta para que debajo tenga una superficie dura, y un tercer matón que viene con un bate de béisbol y le descarga un palazo de *home run* que le rompe los nudillos y le enseña el precio físico de la traición.

Una carta con letra despatarrada de alguien sin oficio para escribir y, lo que es peor, con pudor de confesar sentimientos, apenas un «te quiero», un «vení conmigo, por favor, voy a ser campeón, te juro, voy a serlo por mí pero también por vos, vení a verme al Luna Park, te dejo la entrada en la boletería».

Matilde desnuda, ancha, generosa y posible, un plato de comida, una voz sabia, ese cariño de mujer formada en los arrabales agrestes de la vida, el camino que se niega a seguir.

Vicente inventándole una historia de riqueza y prestigio para crear la farsa perfecta en la que será descarnado a trompadas ante la sed de sangre de un pueblo entero.

Un médico que no ha visto nunca lo abraza, le dice que su madre ha dejado de sufrir, pero el que llora es el padre de Vicente, llora como un chico, como debería hacerlo él y no puede, y sobre el hombro del médico ve al padre de Vicente apretar algo entre las manos, parece un pañuelo pequeño, sí, es eso, un pañuelo rosa con los bordes pespunteados en rojo, pero no lo usa para limpiarse las lágrimas ni los mocos, solo lo aprieta como si ese pedazo de tela contuviera el último resabio de lo que acaba de perder.

Su madre, de nuevo, esta vez dándole calor durante una noche de lluvia, los dos arriba del rancho inundado, bajo unas mantas, ella cantando con voz dulce una canción que habla de un lago azul y de un amor que no está y de un ser que lo añora con frenesí.

Zafe le quita las vendas y le dice con cara de zorro viejo: «¿Rayo se llama usted? ¿Es su apellido de verdad o un apodo? Lindo nombre para un boxeador. Cuando yo era muy pibe había un gallego que se llamaba Luis Rayo, un *crack* que perdió el título liviano con Justo Suárez, uno más *crack* que él. ¿Sabe usted quién era Justo Suárez?».

La tormenta que pega contra el galpón de chapa y los ensordece, y al ensordecerlos de alguna manera los aísla del mundo: los dos tomados de la mano, mirándose, descubriéndose en una dimensión que les hace perder el frío y la vergüenza, y es ella la que avanza, la que lo abraza, la que lo besa, es ella, la bikini verde, el pelo sin tintura rubia, la vida sin las huellas dejadas por Vicente, el cuerpo más pequeño y grácil, la frente sin ese agujero, el alma sin necesidad de fuga.

Que sea esta la última imagen, pide Rayo.

Y siente, o cree sentir, que la lluvia ahora sí ha comenzado, y agradece al cielo porque no morirá sucio, porque el agua calma la sed, sana las heridas, arrastra la mugre de una vida sin brújula, «el agua perdona, Juan, el agua limpia», y será su madre, entonces, la última.